KB017519

운다고 달라지는 일은 아무것도 없겠지만

운다고 달라지는 일은 아무것도 없겠지만

박준 산문

난다

차례

들어서며

1부

2부

3부

4부

나가며

들어서며

그늘

남들이 하는 일은

나도 다 하고 살겠다며

다짐했던 날들이 있었다.

어느 밝은 시절을

스스로 등지고

걷지 않아도 될 걸음을

재촉하던 때가 있었다는 뜻이다.

1부

그해 인천

그해, 너의 앞에 서면 말이 잘 나오지 않았다.

내 입속에 내가 넘어져 있었기 때문이었다.

그해 경주

어느 커다란 무덤 앞에서

당신이 내 손바닥을 펴더니

손끝을 세워 몇 개의 글자를 적어 보였다.

그러더니 다시 손바닥을 접어주었다.

나는 무엇이 적힌 줄도 모르면서

고개를 한참 끄덕였다.

두 얼굴

우리는 섬으로 떠났다. 그녀는 나와 함께 일출을 보고 싶다고 했고 나는 일몰의 풍경이 아름다울 것이라 말했다. 늦은 밤 도착한 첫날과 고단했던 이튿날 그리고 시내에서 머문 세번째 날을 보내고 나자 우리에게 일출이나 일몰을 볼 수 있는 기회는 단 하루밖에 남지 않게 되었다.

마지막 날에는 진종일 짙은 안개와 강한 비가 이어졌다. 일출을 볼 수 있는 섬의 동쪽이나 일몰을 볼 수 있는 섬의 서쪽으로 가는 길이 그리 멀지도 않았는데 그것을 미뤄두었던 지난 여정이 후회스러웠다.

혹시나 하는 마음에 아침저녁으로 일출과 일몰의 명소라는 곳에 가보았으나 뿌옇게 날이 밝았다가 낙조 없이 어둠이 왔다. 그리고 그날 밤 우리는 서울로 올라왔다.

서로가 원한 풍경을 보지 못한 채 섬을 떠난 것이, 돌아오는 길 내내 마음에 쓰였다. 어쩌면 이것이 우리의 관계를 단적으로 보여주는 장면이 아닐까 하는 생각이 들었기 때문이다. 물론 그녀도 비슷한 생각을 하고 있었으리라. 예감처럼 얼마 가지 않아 우리의 연은 끝을 보았다.

한참 지난 후에 다시 그 섬을 찾았다. 이번에는 나 혼자였다. 늦은 반성이라도 하듯 그곳에 머무르는 동안 매일 일출과 일몰을 보러 다녔다. 다행히 맑은 날이 이어졌다.

일출과 일몰의 두 장면은 보면 볼수록 닮은 구석이 많았다. 일부러 지어 보이지 않아도 더없이 말갛던 그해 너의 얼굴과 굳이 숨기지 않고 마음껏 발개지던 그해 나의 얼굴이 서로 닮아 있었던 것처럼. 혹은 첫인사의 안녕과 끝인사의 안녕이 그러한 것처럼.

어떤 말은 죽지 않는다

나는 누군가와 대화를 나눌 때 한 문장 정도의 말을 기억하려 애쓰는 버릇이 있다. "뜨거운 물 좀 떠와라"는 외할아버지가 내게 남긴 마지막 말이었고 "그때 만났던 청요릿집에서 곧 보세"는 평소 좋아하던 원로 소설가 선생님의 마지막 말이었다. 나는 죄송스럽게도 두 분의 임종을 보지 못했으므로 이 말들은 두 분이 내게 남긴 유언이 되었다.

먼저 죽은 이들의 말이 아니더라도 나는 기억해두고 있는 말이 많다. "다음 만날 때에는 네가 좋아하는 종로에서 보자"라는 말은 분당의 어느 거리에서 헤어진 오래전 애인의 말이었고 "요즘 충무로에는 영화가 없어"는 이제는 연이 다해 자연스레 멀어진 전 직장 동료의 마지막 말이었다.

이제 나는 그들을 만나지 않을 것이고 혹 거리에서 스친다고 하더라도 아마 짧은 눈빛으로 인사 정도를 하며 멀어질 것이다. 그러니 이 말들 역시 그들의 유언이 된 셈이다.

역으로 나는 타인에게 별생각 없이 건넨 말이 내가 그들에게 남긴 유언이 될 수 있다고 믿는다. 그래서 같은 말이라도 조금 따뜻하고 예쁘게 하려 노력하는 편이다.

하지만 쉬운 일은 아니다. 오늘만 하더라도 아침 업무회의 시간에 '전략' '전멸' 같이 알고 보면 끔찍한 뜻의 전쟁용어들을 아무렇지도 않게 썼고 점심에는 식당에서 우연히 만난 지인에게 "언제 밥 먹자"라는 진부한 말을 했으며 저녁부터는 혼자 있느라 누군가에게 말을 할 기회가 없었다.

말은 사람의 입에서 태어났다가 사람의 귀에서 죽는다. 하지만 어떤 말들은 죽지 않고 사람의 마음속으로 들어가 살아남는다.

꼭 나처럼 습관적으로 타인의 말을 기억해두는 버릇이 없다 하더라도 대부분의 사람들은 저마다의 마음에 꽤나 많은 말을 쌓아두고 지낸다. 어떤 말은 두렵고 어떤 말은 반갑고 어떤 말은 여전히 아플 것이며 또 어떤 말은 설렘으로 남아 있을 것이다.

검은 글자가 빼곡하게 적힌 유서처럼 그 수많은 유언들을 가득 담고 있을 당신의 마음을 생각하는 밤이다.

새벽에 걸려온 전화

—이문재 시인

"슬퍼서 전화했다. 가장 슬픈 일은 장소가 없어지는 일이다. 그러면 어디에 가도 그곳을 찾을 수 없다. 너는 어디 가지 말아라. 어디 가지 말고 종로 청진옥으로 와라. 지금 와라."

기다리는 일, 기억하는 일

태백에 가는 일을 좋아한다. 연고도 없이 나는 자주 태백에 간다. 서쪽으로 흐르는 한강의 발원지 검룡소와 남쪽으로 흐르는 낙동강의 발원지 황지못이 태백에는 있다. 곤드레며 곰취며 참나물 같은 향 좋은 산채들도 태백에 있다. 하지만 무엇보다 내가 좋아하는 태백의 모습은 인가人家와 폐가廢家가 번갈아 서 있는 작은 마을들, 그 앞으로 검회색 하천이 좁게 흐르는 풍경이다.

태백에는 한때 12만 명이 넘는 인구가 살았다. 석탄 산업이 한창일 때의 이야기다. 그렇던 것이 지금은 4만이 조금 넘는다. 세 집 중 두 집은 사람을 잃었으니 폐가가 많은 것은 당연한 일이다.

나는 폐가가 을씨년스럽거나 흉물스럽다고 생각하지 않

는다. 누군가 그곳에서 불을 켜고 밥을 짓고 사랑을 하고 병을 앓기도 하며 그렇게 자신에게 주어진 시간을 온전히 보냈다는 것.

폐가는 자신과 함께 살던 사람의 시간을 풍장시키듯 서서히 기운다. 깨진 유리창과 반쯤 열린 대문 사이로 바람을 마주 들이기도 하며.

어디가 되었든 평당 천만 원이 훌쩍 넘는, 그래서 사람이 사람을 내쫓는 일이 허다하게 일어나는 도시와는 다른 모습으로 지금 태백은 있다. 사람을 보듬는 땅의 방식으로.

떠난 이를 기억하는 일은, 아직 오지 않는 사람을 기다리는 일과 꼭 닮아 있음을 증명이라도 하듯이.

편지

손 편지를 주고받은 지가 오래다. 가장 최근에 받은 편지는 지난봄 샌프란시스코에서 신혼여행을 보내고 있던 새신랑에게서 온 것이었다. "사랑하는 詩人께"로 시작되어 "여기에 와서 다른 사람들의 삶을 보고 있자니 그저 어디에서건 살아지는 게 답답하고 또 좋습니다. 여백이 많지 않습니다"로 끝맺는 짧은 편지였다. 하지만 그 편지가 내게 도착했을 무렵 그는 다시 서울에 돌아와 있었으므로 답서를 보내지는 못했다.

몇 해 전 누나를 사고로 잃었다. 그때 왜 그랬는지 몰라도 나는 그녀가 살던 오피스텔을 쫓기듯이 며칠 만에 서둘러 정리했다. '키타로'라는 이름의 러시안블루 고양이는 누나의 친구가 데리고 갔고 가방과 옷은 태웠으며 책은 버렸다. 한

달에도 몇 번씩 해외를 나다니던 직업 탓에 희귀하거나 고가인 물건들이 많았지만 당시 내 눈에 그런 것들이 아깝게 들어올 리가 없었다.

하지만 단 하나도 버리지 못한 것이 있었으니 그것은 그녀가 이제껏 받은 편지였다. 10년은 더 되어 보이는 운동화 상자 몇 개에 그녀가 평생 받은 편지들이 가득 들어 있었다. 봉투에 우표가 붙거나 소인이 찍힌 것보다는 편지지를 딱지 모양으로 만들거나 노트 같은 것을 찢어 접어놓은 것들이 많았다. 쪽지처럼 짧은 내용도 있었고 두루마리 화장지에 작은 글씨로 적힌 긴 편지도 있었다.

나는 편지들이 궁금해 손에 잡히는 대로 펼쳐보았다. 한참을 읽어보다 조금 엉뚱한 대목에서 눈물이 터졌다. 1998년 가을, 여고 시절 그녀가 친구와 릴레이 형식으로 주고받은 편지였는데 "오늘 점심은 급식이 빨리 떨어져서 밥을 먹지 못했어"라는 내용이 적혀 있었다. 이미 이 세상에 없는 사람이 10여 년 전 느낀 어느 점심의 허기를 나는 감당해낼 재간이 없었다. 그것으로 편지 훔쳐보는 일을 그만두었다.

삶을 살아오며 타인에게 욕을 듣거나 비난을 받은 적이 간혹 있었다. 서로 오해가 쌓여 그런 적도 있었고 물론 내가 명백하게 잘못한 일도 많았다. 분명한 것은 내가 들었던 욕이나 비난들은 대부분 말로 들었다는 것이다.

그러다 오해가 풀리거나 화가 누그러졌을 때 종종 상대에게 사과를 받기도 했는데, 곰곰 생각해보면 이러한 사과는 말보다 글을 통해 받는 경우가 많았다. 아무리 짧은 분량이라도 사과와 용서와 화해의 글이라면 내게는 모두 편지처럼 느껴진다.

어떻게 살아야 할지, 어떠한 양식의 삶이 옳은 것인지 나는 여전히 알지 못한다. 다만 앞으로 살아가면서 편지를 많이 받고 싶다. 편지는 분노나 미움보다는 애정과 배려에 더 가까운 것이기 때문이다. 편지를 받는 일은 사랑받는 일이고 편지를 쓰는 일은 사랑하는 일이라고 생각하기 때문이다.

오늘은 늦은 답서를 할 것이다. 우리의 편지가 길게 이어질 것이다.

그해 여수

그해 밤 별빛은

우리가 있던 자리를 밝힐 수는 없었지만

서로의 눈으로 들어와 빛나기에는 충분했습니다.

아침밥

나는 죽은 사람들이 좋다. 죽은 사람들이 괜히 좋아지는 것도 병이라면 병일 것이다. 한편으로는 이 세상에 살아 있는 사람의 수보다 세상을 떠난 사람들의 수가 더 많으니 이것은 당연한 일이라는 생각도 든다.

어찌되었든 다시 태어날 수 있다면 나보다 먼저 죽은 사람들과 모두 함께 다시 태어나고 싶다. 대신 이번에는 내가 먼저 죽고 싶다. 내가 먼저 죽어서 그들 때문에 슬퍼했던 마음들을 되갚아주고 싶다.

장례식장에 들어서면서부터 눈물을 참다가 더운 육개장에 소주를 마시고 진미채에 맥주를 마시고 허정허정 집으로 들어가는 기분, 그리고 방문을 걸어 잠그고 나서야 터져나오던 눈물을 그들에게도 되돌려주고 싶다.

그렇게 울다가 잠들었다가 다시 깨어난 아침, 부은 눈과 여전히 아픈 마음과 입맛은 없지만 그래도 무엇을 좀 먹어야지 하면서 입안으로 욱여넣는 밥. 그 따듯한 밥 한 숟가락을 그들에게 먹여주고 싶다.

환절기

환절기를 지나며 나는 더 아팠어야 했는데, 아프지 않으려 하지 말고, 일을 접어두고 병원에 가지 말고, 따듯한 물을 많이 마시지 말고, 구깃구깃한 약봉지를 뜯어 입에 털어넣지 말고, 밀린 걱정들을 떠올려가며 더 아팠어야 했는데.

앓아누워 전기요를 세게 틀고, 지난 인연들을 생각할 겨를도 없이 땀을 흘리며, 밖에서 오는 추위와 안에서 퍼지는 신열 사이에서 어쩔 줄 몰랐어야 했는데.

아무리 손을 뻗어도 당신과 닿지 못하는 악몽을 꾸고, 땀에 젖은 이불을 뒤집어 덮고, 길고 질긴 밤을 보냈어야 했는데.

새로 맞은 아침, 힘겹게 들어오는 창의 빛을 보며, 조금 나아진 것 같은 몸 이곳저곳을 만져보며, 다시 태어난 것 같은 기분을 맞았어야 했는데.

자리에서 일어나서는 이렇게 살지 말아야지, 이렇게 살지 말아야지, 몇 번이고 되뇌었어야 했는데.

비

그는 비가 내리는 것이라 했고

나는 비가 날고 있는 것이라 했고

너는 다만 슬프다고 했다.

그해 협재

아는 이 하나 없는 곳에서 오래 침묵했고

과거를 말하지 않아도 되는 것에 조금 안도했습니다.

희고 마른 빛

잠이 좋다. 사람으로 태어나 마주했던 고민과 두려움과 아픔 같은 것들을 나는 대부분 잠을 통해 해결했다. 헤어짐의 아픔이나 미래에 대한 걱정이나 끙끙 앓던 신열 같은 것들도 잠을 자고 나면 한결 나아졌다.

하지만 어떤 기억은 잠으로 해결되지 않는다. 그럴 때 나는 꿈을 부른다. 부른다고 해서 딱히 특별한 의식이 있는 것이 아니라 그냥 잠이 들 때까지 한 가지 생각을 계속 떠올리는 것이다.

요즘 꿈에는 당신이 자주 보인다. 꿈의 장면은 매번 흑백이고 당신은 말없이 돌아앉아 있거나 먼 들판에 홀로 서 있는 것이 보통이다. 하지만 운이 좋은 날에는 얼굴을 마주하고 이야기를 나눌 때도 있다. 그럴 때면 나는 그동안 모아놓은 궁금한 일들을 이것저것 묻기에 바쁘다. '살 만해?' 아니 '죽을 만해?' '필요한 것은 없어?' '지난번에 같이 왔던 사람은 누구야?'

어느 날은 오랜만에 나타난 당신이 하도 반가워서, 꿈속 당신에게 내 볼을 꼬집어달라고 부탁한 적이 있었다. 당신이 웃으며 내 볼을 손으로 세게 꼬집었다. 하지만 어쩐지 하나도 아프지 않았다.

그제야 나는 꿈속에서 지금이 꿈인 것을 깨닫고 엉엉 울었다. 그런 나를 당신은 말없이 안아주었다. 힘껏 눈물을 흘리고 깨어났을 때에는 아침빛이 나의 몸 위로 내리고 있었다. 당신처럼 희고 마른 빛이었다.

벽제행

오래 살던 동네 근처에 화장터가 있었다. 정식 명칭은 서울시립장제장. 화장터는 내가 태어나기도 전인 1970년 가을, 고양시의 벽제로 이전했지만 여전히 어른들은 동네를 가로지르는 큰길을 화장터길이라 불렀다. 당시 화장터에는 총 열일곱 개의 화구가 있었는데 그중 중앙에 위치한 네다섯 개 화구의 화력이 좋아 상주들은 화부에게 웃돈을 주어가며 그곳을 선점하려 했다고 한다. 물론 화장이 끝난 후 분골의 과정에서 유골을 곱게 빻아달라며 인부에게 돈을 건네는 것도 관행이었다.

동네는 아침부터 저녁까지 요령잡이가 흔드는 종소리와 상여꾼들의 만가와 사람을 잃은 사람들의 곡소리로 가득했다고 한다. 간혹 상여도 행렬도 없이 수레에 시신을 싣고 오는 가난한 죽음도 있었고 1960년 중반부터는 상여 대신 운구버스가 자주 오갔다. 유년의 나는 화장터가 있던 자리에 지어진 도서관에서 언덕을 내려다보며 장례 행렬을 자주 상상했다.

화장터의 터가 아닌 진짜 화장터에 처음 가본 것은 고등학교 때였다. 당시 학교가 있던 종로에서 가장 집이 멀었던 준범이가 벽제에 살았다. 얼굴이 희고 눈이 크고 웃을 때에는 한 번만 웃지 않고 꼭 세 번씩 웃던. 준범이의 집은 벽제 화장터 근처 비닐하우스였다. 겉은 비닐하우스이지만 신기하게도 실내는 여느 가정집의 모습과 다르지 않았던 것이 기억에 오래 남는다.

준범이와 헤어지고 다시 집으로 돌아오는 길, 나는 화장터 앞 정류장에서 버스를 기다리다 말고 언덕을 올라 주차장을 지나, 건물 안으로 들어가보았다. 대리석으로 지어진 그곳에는 스무 개가 넘는 화구가 있었다. 사람들은 아무곳에서나 담배를 피웠고 아무곳에서나 울고 있었다. 지하 식당에는 우거지탕을 먹는 사람들이 있었고 화장을 마친 한 무리의 사람들이 버스를 타고 떠나는가 싶더니 곧 다른 버스에서 눈이 부은 사람들이 쏟아져내렸다.

이 글을 쓰면서 그 시기의 일기장을 펴보았는데 내가 화장터에 간 날은 2000년 4월 5일이었다. "만약 다시 벽제에 가게 된다면 그것은 최대한 아주 먼 미래였으면 한다"라는 문장이 있었고 "그래도 사람의 마지막이 크고 두꺼운 나무로 만들어진 관과 함께한다는 사실이 다행스럽다"라는 문장도 있었다.

하지만 그때의 희망과는 달리 나는 그리 머지않은 미래에 벽제로 가야 했다. 슬프지만 앞으로도 몇 번은 더 가야 할 것이다. 그래도 어느 깊은 숲에서 잘 자란 나무 한 그루와 한 시절을 함께했던 사람들의 슬픔 속에 우리들의 끝이 놓인다는 사실은 여전히 다행스럽기만 하다.

울음과 숨

통곡, 사람, 곁, 울음소리, 구슬프다, 끊어질 듯, 다시 이어지는, 울음, 그사이, 들리는, 숨소리, 울음에 쫓기듯, 급히 들이마시는, 숨의 소리, 울음, 울음보다 더 슬픈, 소리.

꿈방

새로 이사 간 곳은 화전花田이라는 곳이었다. 오래전 ㅁ자로 넓게 지어진 한옥은 한동안 사람이 살지 않아 그런지 비가 새고 대들보도 뒤틀려 있었다. 집은 두 계절이 꼬박 지나도록 품을 들여서야 인가人家다운 모습이 갖춰졌다.

마당에 있는 라일락이나 뒤란에 있는 텃밭도 좋았지만 내가 그 집에서 가장 좋아한 곳은 북향으로 창이 난 사랑채였다. 오래전 이 사랑채에는 어느 무당이 세를 얻어 신방을 꾸렸었다고 했다. 볕이 잘 들지 않는 그 방은 늘 어둡고 습했다.

그때 나는 편의점에서 야간 아르바이트를 하고 있었다. 밤 열시에 일을 시작해 아침 아홉시에는 집으로 돌아왔다. 사랑채의 방은 낮에 잠을 자기에 더없이 알맞았을뿐더러 부모님이 있는 안채와 멀리 떨어져 있어 몰래 서툰 일들을 벌이기에도 좋았다. 그 방에서 나는 독재했다.

특이하게도 그 방에서 잠을 자면 매번 꿈을 꾸었다. 꿈도 그냥 꿈이 아니라 총천연색의 꿈, 롱테이크 영화처럼 단절 없이 생생한 꿈이었다. 나만 그런 것인가 싶어 식구들과 가끔 찾아오는 친구들을 그 방에서 재워보았는데 그들도 대부분 나와 같은 경험을 했다.

이런 까닭에 그 방에서의 꿈은 백지 같았다. 잠들기 전 이불에 누워 그날그날 꾸고 싶은 꿈의 큰 그림을 생각해두면 거의 틀림없이 비슷한 꿈을 꿀 수 있었다. 꿈속에서 나는 등단한 시인이 되었고 액션 영화의 배우가 되기도 했으며 한번 먹어본 적 없는 민어회를 된장에 찍어 먹기도 했다.

'꿈'에 대한 책들도 많이 찾아 읽었다. 아프리카의 어느 부족은 '꿈의 활강법'이라는 방법으로 꿈을 만든다고 했다. 눈을 감고 넓은 대지를 떠올린 다음 자신의 몸을 공중에 띄웠다 땅에 닿게 하는 생각을 반복하면 평소 꾸고 싶던 꿈을 꿀 수 있다는 것이었다. 나는 만들어 꾸는 꿈의 정확도를 높이고 싶어 이 방법을 여러 번 따라해보았는데 매번 사막을 걷는 꿈만 꾸었다.

문제는 밤이었다. 사랑채에서 밤에 꾸는 꿈은 낮과 달리 온통 악몽이었다. 가위에 눌리던 때도 많았고 겨우 무서운 꿈에서 깨어나 부모님이 있는 안채로 가려 하는데 방문이 불타고 있거나 사슬로 잠겨 있는 '이중 악몽'을 꿀 때도 있었다. 이 역시 사랑채에서 잠을 잔 사람들이 공통적으로 겪은 일이었다.

몇 년 지나지 않아 나와 우리 가족은 그곳을 떠나야 했다. 폐가였던 집이 모양을 갖춰가자 집주인은 재계약을 거절하고 자신이 들어와 살겠다고 했다. 하지만 관리가 어려웠던지 얼마 후 주인은 다시 그 집을 떠났다. 지난봄, 나는 화전의 그 집에 다시 가보았다. 폐가였다. 빈집은 다시 비가 새고 공들여 쌓은 흙벽도 많이 무너져내려 있었다.

하지만 여전히 라일락꽃은 향을 내고, 뒤란에 심어놓은 나무들은 다른 잡초들과 엉켜 무성해져 있었다. 들어가보지는 못했지만 내가 '꿈방'이라고 부르던 사랑채의 그 방 또한 여전한 어둠을 품고 있는 듯했다.

화전의 그 집이 없어지기 전에 사랑채 방에 들어가 낮잠을 자고 싶다. 당신을 만나는 꿈을 만들어 꾸고 싶다. 한 상 잘 차린 음식을 앞에 두고 함께 밥을 먹고, 그간 못한 이야기도 하고, 시간이 된다면 새로 적은 시 몇 편을 읽어주고 싶다.

문밖까지 당신을 배웅하고 다시 방으로 돌아와 당신이 떨어뜨린 머리카락을 하나하나 주우며 청소도 하려 한다. 그 긴 꿈에서 깨어나면 멍한 얼굴로 앉아 있다가 문득 커다란 허기를 느낄 수도 있겠다.

몸과 병

우리의 몸은 자주 병든다. 그간 나의 삶을 생각해보더라도 큰 병이 온 적은 없지만 무수히 많은 잔병이 내 몸을 지나갔다. 편도에 염증이 생길 때도, 인후나 후두가 붓는 날도 많았다. 몸에 헤르페스 바이러스가 번져 고생을 하던 때가 있었고 그보다 더 자주 몸살이나 감기를 앓았다. 그에 비해 편두통은 1년에 한두 번 드물게 있었고 어린 날에 걸렸다는 폐렴은 이제 기억이 나지 않는다.

사실 대부분의 병은 어느 날 갑자기 생기는 것이 아니다. 예를 들어 당뇨나 고혈압은 정해진 수치에 이르러야 병으로 진단받게 되는데 아직 정상 범위 내에 있는 사람이라 하더라도 수치가 점점 오르는 중이라면 그는 병의 전 단계에 있는 것이다. 한의학에서는 이것을 미병未病이라 부른다.

이 미병의 시기는 치료가 수월한 반면 스스로 잘 알아차리지는 못한다. 나는 이것이 꼭 우리가 맺고 있는 타인과의 관계와 비슷하다는 생각을 한다. 사람과 사람의 관계가 깨어지는 것은 어느 날 갑자기 일어난 사건보다는 사소한 마음의 결이 어긋난 데에서 시작되는 경우가 더 많다. 하지만 안타깝게도 우리는 이것을 별 대수롭지 않은 것으로 넘기고 만다.

증상과 통증은 이제 미병이 끝나고 우리 몸에 병이 시작되었음을 알려준다. 대부분의 장기와 기관들은 통증을 통해 자신의 존재를 알린다. 위통이 시작된 후에야 위가 여기쯤 있었다는 것을 알게 되고, 아픈 곳은 허리인데 손발이 먼저 저려올 때 온몸의 신경이 연결되어 있음을 새삼 느끼게 되는 것이다.

나는 이 사실에서도 다시 사람의 인연을 생각한다. 관계가 원만할 때는 내가 그 사람을 얼마나 생각하고 그 사람이 나를 얼마나 생각하는지 크게 신경쓰지 않는다. 한 사람이 부족하면 남은 한 사람이 채우면 될 것이라 생각하기 때문이다.

하지만 관계가 끝나고 나면 그간 서로 나누었던 마음의 크기와 온도 같은 것을 가늠해보게 된다. 이때 우리는 서운함이나 후회 같은 감정을 앓는다. 특히 서로의 의지와 상관없이 인연의 끝을 맞이한 것이라면 그때 우리는 사람으로 태어난 것이 후회될 만큼 커다란 마음의 통증을 경험하게 된다.

최근 며칠 사이에도 내 몸은 아팠다. 늦게까지 일을 하고 더 늦게까지 술을 마신 일상의 끝물 같은 것이라 생각했다. 이렇게 된 것이 당연하다는 생각을 했고 뭔가 조금 고소하다는 생각도 했다. 동통과 고열과 갈증이 이어졌다. 특히 밤에는 유독 열이 더 올랐다. 심할 때는 내가 누워 있는 방의 풍경이 비현실적으로 느껴졌다.

손으로 어깨를 만져보았을 때 이물감 같은 것이 들었는데 이 느낌은 내가 다른 사람의 어깨를 짚고 있는 듯도 하고 혹은 다른 사람이 내 어깨를 짚어주는 것 같기도 했다. 나는 그것이 싫지 않았다. 그렇게 잠이 들었다 깨어나면 서늘한 아침 바람과 함께 여전히 누구인가가 내 어깨를 짚어주고 있을 것만 같았다.

다시 지금은

어떤 일을 바라거나 무엇을 빌지 않아도
더없이 좋았던 시절을 함께 보냈습니다.

그리고 그날들이 다 지나자
다시는 아무것도 빌지 않게 해달라고
스스로에게 빌어야 하는 날들이 이어지고 있었습니다.

고독과 외로움

웅변학원에 다닌 적이 있다. 유난히 말수가 적고 부끄러움을 많이 타는 아이가 걱정이 되었는지 당시 부모님은 없는 살림을 쪼개가며 동네에서 나름 유명하다는 웅변학원으로 나를 보냈다.

하지만 부모님의 기대와는 달리 나는 웅변학원을 다니면서 한층 더 소극적인 아이로 변했다. 학원만 가면 '자신 있게' 혹은 '소리 높여' 외치는 다른 아이들의 우렁찬 목소리에 더욱 주눅이 들었던 것이다. 학원에서는 부모들을 초대해 정기적으로 웅변대회를 열었지만 나는 한 번도 그 대회에 나가 웅변을 해보지 못했다.

다행이라고 말해야 할까. 이후 학교를 다니면서 내 성격은 조금씩 변했다. 새 학기만 되면 낯선 환경에 우울해하고 긍

궁했지만 이내 새로운 친구들을 사귀고 내가 속한 집단 내에서 별문제 없이 생활을 했다. 그렇게 나는 점점 사람을 만나고 사귀는 일에 능숙한 사람이 되어가고 있었다.

누군가를 처음 만날 때면 상대가 좋아할 만한 화두를 꺼내고 그 사람의 이야기를 듣는 것을 즐겼다. 그리고 그를 다시 만났을 때는 사소한 것이라도 지난번 상대가 했던 한두 마디의 말을 기억해 그 위에서 더욱 두터운 대화를 나누곤 했다. 관계가 소원해지기 전에 먼저 상대의 안부를 묻고 약속을 잡는 일도 많았다. 그러다보니 월요일부터 일요일까지 약속으로 한 주가 가득 채워지는 경우도 종종 있었다.

하지만 나는 이렇게 외연外緣을 넓히며 사는 삶을 그리 길게 이어나가지 못한다. 몸보다 마음이 먼저 쉽게 지치기 때문이다. 아무리 좋은 음식도 많이 먹으면 탈이 나는 것처럼 우리가 살아가며 맺는 관계에도 어떤 정량이 존재한다고 믿는다. 물론 이 정량은 사람마다 다를 것이다. 분명한 사실은 적어도 나는 한번에 많은 인연을 지닐 능력이 없는 사람이라는 것이다.

세상 사람들은 어떻게 하면 넓고 깊은 인간관계를 맺을지에 대해 궁리한다. 수많은 자기계발서와 스피치학원 같은 것이 이것을 증명한다. 하지만 어디에서도 무거운 인간관계를 현명하게 덜어내는 방법을 알려주지는 않는다. 물론 나 역시 좋은 방법을 알지 못한다. 다만 이런 내가 임시방편으로 택하는 방법은 휴대전화를 끄는 것이다. 그러고는 혼자 낯선 도시에 가서 숙소를 잡고 며칠이고 머문다. 여행보다는 도피라 불러야 좋을 것이다.

나는 그곳에서 배달 음식 같은 것으로 끼니를 해결하며 철 지난 사랑이나 함부로 대했던 지난 시간 같은 것에 기웃거린다. 마음처럼 되지 않았던 과거의 일들과 마음만으로는 될 수 없을 미래의 일들을 생각한다. 독선의 끝에는 더욱 날 선 독선이 기다리고 있음을 목격한다. "나는 시간 속에 정착하고 싶었다. 그러나 시간은 살 수 없는 곳이었다. 영원을 향해 몸을 돌려보았다. 발을 딛고 설 수조차 없는 곳이었다"라는 에밀 시오랑의 문장을 종종 떠올려보기도 한다.

그렇게 며칠 동안 고립의 시간을 보내다보면 그제야 내가 떠나온 곳을 그리워하고 무겁게만 여겨졌던 내 인연들의 귀함을 생각하게 된다. 그리고 그들의 맑은 눈빛을 다시 보고 싫어한다.

몇 해 전 좋아하는 선배 시인과 차를 마시면서 이런 나의 괴팍한 습관을 고백한 적이 있었다. 그 선배는 자신도 나와 비슷한 버릇이 있다고 반가워했다. 그리고 이런 말을 덧붙였다.

"고독과 외로움은 다른 감정 같아. 외로움은 타인과의 관계에서 생기는 것일 텐데, 예를 들면 타인이 나를 알아주지 않을 때 드는 그 감정이 외로움일 거야. 반면에 고독은 자신과의 관계에서 생겨나는 것 같아. 내가 나 자신을 알아주지 않을 때 우리는 고독해지지. 누구를 만나게 되면 외롭지 않지만 그렇다고 해서 고독이 사라지는 것은 아니야. 고독은 내가 나를 만나야 겨우 사라지는 것이겠지. 그러다 다시 금세 고독해지기도 하면서."

다시 봄이 왔다. 긴 겨울 동안 미뤄두었던 약속들이 벌써부터 잦아지고 있다. 고마운 인연들과 만나 '봄술'도 마다하지 않고 마실 생각이다. 그렇게 사람을 만나 삶의 신산함과 외로움을 함께 덜어낼 것이다. 그러다보면 또 스스로 고독해지는 시간이 찾아올지 모른다. 그러면 휴대전화의 전원을 끄고 어딘가로 떠나 나를 만나고 돌아올 생각이다.

정선이나 태백 아니면 삼척도 좋겠다. 어디가 되었든 오랜만에 만나는 내가, 다시 돌아온 봄날처럼 반갑기만 할 것이다.

여행과 생활

우리가 함께했던 순간들이

나에게는 여행 같은 것으로 남고

당신에게는 생활 같은 것으로 남았으면 합니다.

그러면 우리가

함께하지 못할 앞으로의 먼 시간은

당신에게 여행 같은 것으로 남고

나에게는 생활 같은 것으로 남을 것입니다.

2부

내가 좋아지는 시간

스스로를 마음에 들이지 않은 채 삶의 많은 시간을 보낸다. 나는 왜 나밖에 되지 못할까 하는 자조 섞인 물음도 자주 갖게 된다.

물론 아주 가끔, 내가 좋아지는 시간도 있다. 안타까운 것은 이 시간이 그리 오래 지속되지 않는다는 것이고 또 어떤 방법으로 이 시간을 불러들여야 할지 내가 잘 모르고 있다는 것이다.

다만 나 자신을 좋아하려야 좋아할 수 없는 순간만은 잘 알고 있다. 가까운 이의 마음을 아프게 했을 때, 스스로에게 당당하지 않을 때 좋음은 오지 않는다. 내가 남을 속였을 때도 좋음은 오지 않지만 내가 나를 기만했을 때 이것은 더욱 멀어진다.

상대의 마음을 아프게 했다는 자책과 후회로 스스로의 마음을 더 괴롭게 할 때, 속은 내가 속인 나를 용서할 때, 가난이나 모자람 같은 것을 꾸미지 않고 드러내되 부끄러워하지 않을 때. 그제야 나는 나를 마음에 들어 할 채비를 하고 있는 것이라 믿는다.

그해 화암

눈은 그칠 듯하다
다시 쏟아져내렸고
저는 돌아갈 짐을 꾸리다
그만두어버렸습니다.

그해 묵호

살아보겠다고

살고 싶다고 찾아간 곳.

낡음도 더 오래되어

이제는 낯설어진 곳.

묵호.

혹은

이곳.

낮술

넘어가는 해를 지켜보던 지난 연말만 하더라도 이번 겨울이 겨울답지 않다며 가까운 사람들을 만날 때마다 불평을 했었다. 겨울이라면 발이 푹푹 빠질 정도로 눈도 좀 내리고 머리 한쪽이 쨍하게 아파올 정도로 바람도 차야 하는 것 아니겠냐며, 그래야 추위를 핑계로 마시는 독주도 더 달가워지는 것이라며 낭만도 호기도 되지 못하는 말들을 잔뜩 부렸다.

그러던 것이 정초가 지나면서부터 상황이 변했다. 큰 눈과 거센 추위가 번갈아 찾아온 것이다. 주요 도로는 그런대로 제설이 된다지만 동네의 작은 길들이 얼어붙어 차로 출근하는 것을 얼마간 포기해야 했다. 기차역까지 걸어가는 20분 남짓의 시간, 한쪽 머리는 찬바람 탓에 아팠고 다른 한쪽 머리는 전날 마신 술로 아팠다.

생각해보면 합법적으로 술을 마실 수 있게 된 스물 무렵부터 나는 늘 술을 가까이했다. 술이 아니면 건널 수 없던 시절이 있었거나 술을 통해서만이 타인과 진실로 가까워질 수 있다고 믿었던 것은 아니다. 단지 술이 그 자체로 좋았다.

봄을 반기며 마셨고 여름 더위를 식히자고 마셨고 가을이면 서늘하다고 마셨고 겨울이면 적막하다고 마셨다. 게다가 좋아하는 사람들과 함께 마시는 술은 더 좋았다. 그러다보니 술친구도 여럿이다.

함께 문학을 하는 친구들과 마시는 술은 일종의 안부를 묻는 일이다. 주로 밥을 먹자고 낮에 만나서 정작 밥은 미뤄두고 꼭 낮술을 마시게 된다. 최영미 시인의 시집 『서른, 잔치는 끝났다』를 읽다보면 "낮술은 취하지 않는다"라는 문장이 나오는데 나와 친구들은 낮술을 마실 때 자주 이것을 되뇐다. 그러고는 늦은 밤이 되거나 날을 넘긴 새벽, 취할 대로 취해 헤어진다. 낮에 만난 보람도 없이.

문학을 하든 문학을 하지 않든 오늘을 살아가는 우리들에게 현실은 왜 많은 것을 스스로 포기하게 하고 또 감내하게 만든다. 물론 누가 강요한 것이 아닌 스스로가 원한 삶을 사는 것이니 불평을 길게 놓을 수는 없겠지만 그래도 문득 삶이 막막해지거나 아득해질 때 비슷한 상황에 놓인 친구들과 함께 마시는 술은 큰 위안이 된다.

술이라는 커다란 세계 안에서 만나는 것이니 생물학적인 나이가 중요하지 않은 경우도 많다. 가끔 내가 약속을 하고 만나는 술친구 중에는 나의 부모님보다 연배가 높은 분도 더러 있다. 친구들과의 술자리가 편해서 좋다면 이분들과의 술자리는 배울 것이 많아 좋다.

남현동에 살고 계시던, 지금은 고인이 되신 한 선생님에게서는 미식을 배웠다. 선생님은 특히 다양한 생선과 해물을 좋아하셨는데 광어나 우럭, 멍게나 해삼 같은 흔한 것들만 접해보았던 당시의 나로서는 새로운 세계를 엿본 느낌이었다.

지금도 종종 뵙는, 종로에서 태어나 평생을 그곳에서 살고 계시는 한 선생님에게서는 서울의 노포老鋪들과 다양한 독주를 배웠다. 종로는 물론 을지로와 충무로, 성북동까지 내 안의 서울 지도는 다시 그려졌다.

혜화동의 어느 일식집이었던가. 개인적으로 힘들고 감당이 되지 않던 일을 막 치른 후에 만나 뵌 자리였다. 내게 안 좋은 일이 생겼다는 것을 선생님도 전해들은 것 같았지만 그 일에 대해서는 이야기를 꺼내지 않으셨다. 독주를 각자 한 병씩 비워갈 무렵, 한참을 침묵하고 있던 선생님이 말을 시작했다.

"사는 게 낯설지? 또 힘들지? 다행스러운 것이 있다면 나이가 든다는 사실이야. 나이가 든다고 해서 삶이 나를 가만 두는 것은 아니지만 적어도 스스로를 못살게 굴거나 심하게 다그치는 일은 잘 하지 않게 돼."

선생님의 이 말은 당시 나에게 큰 위로가 되었던 것은 물론이고 이후에도 삶의 장면 장면마다 불러내는 말이 되었다. 비 오는 오후의 술 생각처럼 자연스럽게 떠오르는 말. 혹은 술을 많이 마신 다음날의 냉수처럼 간절한 말.

마음의 폐허

'연인의 발과 내 발을 맞대지 않는다, 사랑하는 이에게 신발을 선물하지 않는다, 방에 들어갈 때 문지방을 밟지 않는다, 빈 가위질을 하지 않는다, 밤에 휘파람을 불지 않는다, 손톱 발톱은 낮에 깎는다, 사람의 이름을 붉은 글씨로 쓰지 않는다, 중요한 시험을 앞두고 미역국을 먹지 않는다……'

생각해보면 나는 얼굴 한번 본 적 없는 사람들이 만들어낸 미신 같은 말을 잘도 믿고 지키며 살아왔다. 그러면서도 정작 믿어야 할 사람에게는 의심을 품은 채 그 사람과 그의 말을 믿지 않을 때도 있었다.

어디 타인뿐이었던가. 삶의 순간마다 나는 스스로에게조차 마음을 내어주지 않을 때가 많았다. 믿으면 믿는 만큼 상처로 돌아올 것만 같았다.

여전히 나에게 '믿음'은 살아가면서 느끼는 감정들 중에 가장 추상적이고 아득한 것으로 다가온다. 이 추상과 아득함은 내가 지금 믿고 있는 상대가 배신을 할지도 모른다는 불길함보다는, '믿음'이라는 나의 감정이 언젠가는 닳고 지쳐 색이 바랠지도 모른다는 불안함에서 온다.

그동안 나는 참 많은 말들과 사람들과 시간들을 믿었다. 믿음이 깨지지 않은 말도 있었고 믿음이 더 두터워진 사람도 여럿이었으며 생각처럼 다가온 시간들도 있었다. 물론 그보다 더 많은 경우에서 내 믿음은 해지고 무너지고 깨어졌다. 딛는 마음, 마음마다 폐허 같았다.

그렇지만 이 마음의 폐허에서 나는 다시 새로운 믿음들을 쌓아올릴 것이다. 믿음은 밝고 분명한 것에서가 아니라 어둡고 흐릿한 것에서 탄생하는 거라 믿기 때문이다. 밤이 가고 다시 아침이 온다. 마음속에 새로운 믿음의 자리를 만들어내기에 이만큼 좋은 때도 없다.

기억의 들판

오래전 신문 기사를 검색해보는 취미가 있다. 사건이며 언급되는 인물이며 광고나 영화 포스터까지. 그 시절의 신문은 지금의 나에게 하나같이 흥미로운 것으로 다가온다. 지면 한편에 있는 '공항 동정'이라는 꼭지도 즐겁다.

'공항 동정'은 매일 공항을 통해 출입국한 사람들의 명단과 출국 목적, 항공편을 적어둔 것이다. 일반인들의 해외 출국이 제한되었던 시대라 그런지 '공항 동정'에 등장하는 사람은 고위관료나 정치인, 연예인 들이 대부분이다.

크리스마스를 하루 앞둔 날, 공항은 분주했고 나는 비행기 탑승을 기다리고 있었다. 만약 지금도 신문에 '공항 동정'이라는 꼭지가 있다면 어떨까, 그렇다면 나의 출국 목적란에는 '한파로부터의 도피' 정도로 적어야지 하는 조금 엉뚱한 생각을 하고 있었다.

만 미터의 고도로 날고 있는 항공기 안에서 할 수 있는 일은 그리 많지 않다. 미처 챙겨보지 못했던 영화를 무표정하게 보거나, 어렵고 무거운 잠에 들거나, 항공사에서 발간하는 책자를 뒤적이거나, 참다 참다 화장실에 가는 일이 보통이다. 승무원에게 마시고 싶은 음료와 비빔밥과 닭 요리와 소고기 요리 중에서 하나를 골라 말하는 것은 선택이나 의지라고 말하기에는 조금 궁색하다.

이 단조로움을 피할 수 있을까 싶어 면세점에서 산 작은 병의 몰트위스키를 냄새가 새어나가지 않게 단숨에 마셨다. 계절을 넘나드는 새들은 며칠 동안 쉬지 않고 날갯짓을 한다거나 몸집이 큰 새일수록 높은 고도로 난다는 사실도 떠올렸다. 오래전 당신의 일기장 겉표지에 적혀 있던 제목이 '짧은 봄 햇빛'이었는지 아니면 '짧은 봄 긴 햇빛'이었는지 기억해내려 안간힘을 썼다.

먼 시간과 먼 공간을 오래 생각하다보면 먹먹한 기분이 드는데 나는 이 순간이 꼭 고요하고 넓은 들판처럼 느껴지기도 했다.

하늘의 색과 바다의 색이 서로 같다는 태평양의 작은 섬. 비행기가 그곳에 도착하기도 전에, 아니 그렇게 멀리 갈 것도 없이 나는 기억의 들판에서 오래도록 놀았다.

해남에서 온 편지

배추는 먼저 올려보냈어.

겨울 지나면 너 한번 내려와라.

내가 줄 것은 없고

만나면 한번 안아줄게.

울음

사람을 좋아하는 일이
꼭 울음처럼 여겨질 때가 많았다.

일부러 시작할 수도 없고
그치려 해도 잘 그쳐지지 않는.

흐르고 흘러가다
툭툭 떨어지기도 하며.

옥상으로 오르는 계단

더운 숨이 터져나왔다. 지난밤에는 울음 몇몇이 끝까지 오르지도 못하고 낮은 곳으로 흘러내린 듯했다. 높은 곳으로 올라갈수록 눈앞이 하얗게 변하는 것은 우리의 환상인지도 몰랐으나 실제로 옥상 문을 열면 창백한 하늘이 여기저기 매달려 있었다.

소설가 김선생님

소설가 김선생님을 만난 것은 스물다섯 겨울 무렵이었다. 혜화동 로터리에 있던 작은 출판사, 나와 선생님은 같은 날 첫 출근을 했다. 당시 대학에서 막 정년퇴임을 한 김선생님은 창간을 앞두고 있던 문학잡지의 주간을 맡은 것이었고 나는 전역 후 첫 직장을 잡아 잡지의 편집 실무를 보기로 했다.

처음 내 눈에 비친 선생님은 더없이 근엄한 분이셨다. 먼저 대화를 시작하시는 법이 없었고 내가 무엇을 여쭤보면 짧고 간결한 답만을 주셨다. 선생님의 신중한 어투와 낮은 목소리는 잘못한 것 하나 없이도 나를 자주 주눅들게 했다. 게다가 선생님의 한쪽 눈동자는 깊고 서늘한 푸른빛을 띠고 있었는데 머리카락만큼이나 검고 긴 눈썹과 그 짙푸른 눈빛이 어우러져 얼굴을 마주하는 일에도 부담을 더했다.

그런 선생님이 조금 편해지는 때가 있었다. 단둘이서 술을 마시는 시간이었다. 별 대화를 나누지 않아도 잔에 술을 따라드리고, 술을 받고, 건배를 하는 것만으로 시간이 잘도 흘렀다. 선생님은 내가 고개를 돌려 술을 마시는 것을 싫어하셨는데, 문제는 술이 오르면 오를수록 습관 탓에 번번이 고개를 돌리게 된다는 것이었다. 한 번의 술자리에서도 몇 차례나 같은 실수가 반복되었고 그럴 때마다 선생님은 웃으시며 "박군, 이상한 예의 차리지 말고 멋있게만 마셔" 하고 말하셨다.

말보다 술이 많았던 독대는 매일같이 이어졌다. 점심시간에 반주로 시작한 것이 저녁까지 이어지는 경우도 많았고 눈이 오는 날에는 혜화동에서부터 성북동까지 걸어가 술을 마셨다. 저녁 약속이 있어 시간이 여의치 않은 날에는 지금은 철거된 혜화고가차도 밑의 공터, 전복이나 해삼을 썰어 파는 포장마차에서 각자 소주 한 병씩만 마신다는 약속을 하고 마셨다. 물론 약속을 어기는 때가 더 많았다.

선생님은 휴일에도 댁이 있던 사당역 근처로 나를 부르셨고 나 역시 약속이 없는 주말에는 "어제는 겨울이었는데 오늘은 봄입니다. 선생님 어떠신지요?" 하고 슬쩍 문자메시지를 넣는 날도 있었다.

마흔이 훌쩍 넘는 나이 차이가 있었지만 우리의 대화는 즐거웠다. 선생님은 주로 자신의 유년기나 등단 무렵이었던 1960년 전후의 상황 그리고 작고한 문인들에 대한 뒷이야기 같은 것을 들려주셨다. 그러다 본인의 이야기가 조금 길어졌다 싶으면 그만 말을 맺으시고는 내게 이것저것 물어오셨다.

자신이 말을 하는 시간과 상대방의 말을 듣는 시간이 사이 좋게 얽힐 때 좋은 대화가 탄생하는 것이라 나는 그때 김선생님을 통해 배웠다. 선생님의 질문에 맞춰 나는 가족사나 연애 이야기, 앞으로 쓰고 싶은 시, 좋아하는 음악이나 영화에 대해 말했고 그것보다 더 자주 치기와 서투름 같은 것들을 보여드렸다.

내가 김선생님을 더욱 좋아하게 된 한 장면이 있다. 당시 출판사에서 점심 식사를 대어놓고 먹던 식당이 있었는데 그곳에서는 끼니마다 조기나 고등어, 갈치나 삼치 같은 생선을 번갈아가며 한 사람당 한 토막씩 내주었다. 그때 갓 입사한 경리팀 직원은 알레르기가 있어 생선을 먹지 못했고 선생님은 유난히 생선을 좋아하셨다. 선생님은 매번 그 직원이 손을 대지 않은 생선을 대신 드셨는데 인상 깊었던 것은 드시기 전 두어 번씩 "혹시 이거 안 드실 것입니까?" 하고 물어보셨다는 것이다.

그 직원이 회사를 그만둘 때까지 선생님은 한 번을 거르지 않고 그분의 의사를 확인하고 나서야 생선구이가 담긴 접시를 자신 앞으로 가져다두었다. 그러고는 살점 하나 남기지 않고 참 맛있게도 드셨다. 더없이 사소한 일이고 당연한 일이지만 나는 상대가 누구든 간에 정중함과 예의를 잃지 않는 선생님의 태도를 좋아했다.

5년 전 봄, 선생님이 돌아가셨다. 돌아가시기 세 달 전 마지막으로 뵈었을 때 선생님은 허리가 아프다고 하셨다. 다음날 아침 한의원에 가야 한다며 술을 적게 드시고 먼저 자리에서 일어나시기에 따라나서 택시를 잡아드리고 잘 가시라고 말씀드린 것이 마지막이 되었다.

후에 들은 이야기지만 선생님은 나아지지 않는 허리 통증으로 병원을 이리저리 옮겨다니다 돌연 말기 암 판정을 받았고 그후 가족들 외에는 아무도 만나지 않고 홀로 죽음을 준비하셨다고 했다.

선생님의 빈소에서 나는 어찌할 바 몰랐다. 유족들이나 문상객들의 눈에 고인의 손자뻘로 보일 어린 내가 한자리 차지하고 앉아 밤을 샐 수도 없었고 그렇다고 해서 서운하고 슬픈 마음을 두고 집으로 갈 수도 없었다. 생각 끝에 장례식장 로비에 머무르기로 했다. 다음날 새벽, 발인을 마치고 벽제로 이동할 때까지 나는 산울림의 〈안녕〉을 들었다.

오래전 사당동 막횟집에서 좋아하는 노래가 무엇이냐는 선생님의 질문에 답을 했던 노래. "안녕 귀여운 내 친구야 멀리 뱃고동이 울리면 네가 울어주렴 아무도 모르게 잠든 밤에 혼자서"로 시작되는 노래. "안녕 내 작은 사랑아 멀리 별들이 빛나면 네가 얘기하렴 아무도 모르게 울면서 멀리멀리 갔다고"로 끝나는 노래.

그해 혜화동

묵호나 통영의 봄 길을 떠올렸지만

떠나지 못하고 결국 회기로 향하는 길.

그마저도 다 못 가서 혜화에서 돌아오는 길.

혼자 걷는 밤길.

소리들

소리로 시작해야만 하는 것, 소리로 끝나는 것, 몸짓, 가래가 끓을 때마다, 마음이 가난한 나라, 무렵, 큰 병과 큰물, 깊은 잠, 살, 꿈을 이어 꾸다, 들다, 외투를 한 겹 더 입다, 버릇, 몸가짐, 불안, 여름의 끝, 개천, 국수, 서로의 곁, 얼어 있는 땅, 맨드라미, 색, 장마, 벽, 밤, 비자나무, 고창, 해남, 구미, 역, 벽돌, 잔상, 흘리고 오다, 다짐, 졸음, 선부름, 냄비, 노자路資, 병, 라디오, 등, 어루만지다, 여관, 어둡다, 문양, 세상의 저녁, 양지, 오밤중, 가수, 여자를 피해, 걷는 사람, 흘러내리다, 달력, 종이, 떠나는 일이 궁금해졌다, 궂다, 낯선 소리, 회색, 말복, 아버지, 쉽다, 돌아오지 않는다, 발판, 절벽, 비슷하다, 안개, 합판, 찹쌀, 진종일, 언제라고 했던가, 슬그머니 고개를, 야산, 슬픔도 아닌 슬픔, 눈 속의 눈, 냉이다운 냉이, 줄,

기울다, 넓어지려 넓어지는 것이 아니듯, 한숨, 계단, 눈이 아픈 꿈, 모르는 이름, 되지 못한 소리, 흐르르, 침묵, 처음 바라본 당신의, 목.

관계

삶을 살아가면서 우리가 유독 힘들어하는 문제들은, 사람과 사람 사이의 관계에서 시작되는 경우가 많다. 가족이나 친구, 직장 생활에서 벌어지는 관계의 문제도 물론이겠지만 애정과 연애 관계에서 문제가 생길 때 우리의 마음은 더욱 아리다.

내가 상대를 애정하는 마음보다 상대가 나를 애정하는 마음이 작을 때 우리는 짝사랑이라는 병에 든다. 이 병은 열병이다. 발병부터 완치까지 나의 의지만으로 시작되고 끝난다. 다만 짝사랑이라는 감정은 우리가 어린 시절부터 숱하게 가져본 것이기 때문에 어느 정도 경험이 쌓이면 이 감정을 조절하는 데에 그리 큰 어려움을 겪지 않는다.

짝사랑보다 더 큰 문제는 내가 상대를 애정하는 마음보다 상대가 나를 애정하는 마음이 더 클 때 생긴다. 이럴 때 우리의 눈에 비치는 상대는 더없이 부담스럽기만 하다.

반면 상대와 나의 감정이 비슷하게 차오를 때 우리의 관계는 연애와 사랑의 세계로 전환된다. 연애의 세계에서 그리고 사랑의 세계에서 관계는 더없이 충만하며 인자하고 아름답다. 하지만 불행하게도 감정이라는 불안한 층위에 겹겹이 쌓아올려진 이 세계는 그리 안정적이지 않고 결코 영원하지도 않다. 그리고 우리는 곧 관계의 죽음을 맞는다.

나는 헤어진 애인에게 문자메시지를 보내거나 늦은 밤 전화를 걸어본 적이 있다. 물론 이 반대의 경우도 있었다. 이러한 상황을 소위 말하는 '미련'이라는 말로 치부하고 싶지만은 않다. 다만 관계가 조금 덜 죽어서 그런 것이라고, 이러한 행동 또한 관계를 잘 죽이기 위한 과정이라 생각한다.

눈을 감고 내가 가장 즐거웠던 한 시절을 떠올려보면, 그때 나의 눈앞에는 더없이 아름다웠던 연인이 웃음을 내보이고 있다. 그리고 그 연인의 정한 눈동자에는 나의 모습이 설핏 비쳐 보인다.

어쩌면 내가 가장 그리워하는 것은 과거 사랑했던 상대가 아니라, 상대를 온전히 사랑하고 있는 나의 옛 모습일지도 모른다.

답서

내일 아침빛이 들면
나에게 있어 가장 연한 것들을
당신에게 내어보일 것입니다.

한참 보고 나서
잘 접어두었다가도

자꾸만 다시 펴보게 되는
마음이 여럿이었으면 합니다.

사랑의 시대

평야

정확히 10년 전 겨울, 『상실의 시대』(문학사상사, 1989)를 읽었다. 나는 그때 넓은 평야를 가진 도시에 머물고 있었다. 책을 읽는 시간보다 걸어다니던 시간이 길어졌다. 패스트푸드점과 병원이 있는 터미널 근처 8층짜리 건물이 그 도시에서 가장 높은 건물이었다. 그리고 내가 묵고 있던 작은 여관이 바로 옆에 있었다.

도시 어디에서든 그 8층짜리 건물은 훤히 올려다보였다. 발길 닿는 대로 낯선 걸음을 옮겨도 숙소로 돌아오는 길을 잃을 염려가 없다는 것이 좋았다. 문제는 그 사실을 믿고 너무 멀리까지 걸어가는 탓에 매번 지칠 대로 지쳐 숙소로 돌아와야 했다는 것이다. 걷는 일에 무슨 특별함이 있는 것은 아니지만 평야를 걷는 일은 그렇게 조금 다른 질감으로 다가왔다.

내가 머물고 있던 여관의 입구에는 '달방'이라는 팻말이 크게 적혀 있었다. 한 달치 방값을 선불로 내면 원래 금액의 절반도 안 되는 값으로 숙박비를 깎아주는 모양이었다. 나는 알고 있으면서도 '달방'이라는 이름이 마음에 들어 그 뜻을 물어보기로 했다. 하릴없이 TV만 보던 주인아저씨에게 나는 알부민 양철통을 방의 재떨이로 놓으셨던데 혹시 간이 안 좋으시냐고 건강을 묻는 것으로 운을 뗐다. 곧이어 '달방'에 관해 물었다. 대화가 오가던 중에 인상 깊게 남은 한 일화를 들었다.

내가 그 여관에 머물기 얼마 전 작은 소동이 있었다고 했다. 어느 젊은 여자가 글을 쓴다며 달방을 구해 들어왔다. 젊은 여자 혼자 장기 숙박을 한다는 것이 공연히 마음에 걸렸지만 배달 음식을 시켜 먹고 며칠에 한 번씩은 슈퍼에 오가는 것을 보고 주인아저씨는 안심을 했다. 그 여자는 한 달을 다 채우지 않고 24일이 되던 날 짐을 챙겨 여관을 나갔다.

그런데 여자는 혼자 나온 것이 아니라고 했다. 인근 부대에서 군 생활을 하던 남자친구와 함께였다. 여자의 남자친구는 외박을 나왔다가 어떤 이유 때문인지 부대로 복귀하지 않고 애인이 얻어놓은 여관방에서 24일을 머무른 것이다. 남자는 곧 헌병대에 자수를 했고 여자는 고향으로 돌아갔다고 했다.

나는 방으로 들어와 그들이 보냈을 스물하고도 나흘의 시간을 생각했다. 삼일장을 치르는 요즘 같아서는 사람이 여덟 번 죽을 수도 있는 긴 시간이었다. 그들의 처음 2, 3일을 생각할 때는 불안함이 머물렀다. 이어 4, 5일 정도에는 젊은 연인의 다정한 몸짓을 생각했고, 일주일이 넘어서는 곁에 늘 머무는 것들을 대할 때 우리들이 보이는 안일한 태도를 떠올렸다. 숯불에 구운 고기가 먹고 싶었고 흰살 생선을 맑게 끓인 탕도 생각났다.

보름쯤 지났을 때 그들이 머무는 방은 중력이 없는 우주공간처럼 떠다녔다. 20일이 넘어설 때 그들에게는 다시 불안이 찾아왔고 거기에 지루함과 비루함 같은 감정이 더해졌을 거라 예상했다. 그리고 24일째를 맞았다. 그들은 방에서 나왔고 나도 그 상상의 길에서 걸어나왔다. 우리는 모두 지쳐 있었다.

타인의 밑줄

다음날 나는 그 도시에 있는 유일한 서점에 들렀다. 새 책을 팔기도 했지만 매장의 더 넓은 공간을 할애해 비디오와 책을 대여해주는 곳이었다. 나는 대여 코너에서 그동안 한 번도 읽지 않았던 무라카미 하루키의 소설들을 집었다 내려놓기를 반복하고 있었다.

대학 시절 함께 문학을 공부하던 친구들과 술을 마실 때면 간혹 하루키 소설에 대한 이야기가 오르내렸다. 대개 '삼류 연애소설이다' '너무 가볍다'라는 평이 많았다. 그러다 하루키 소설을 옹호하는 이가 등장하기라도 하면 그날 술자리는 영원처럼 지루하고 길게 이어졌다. 물론 소설을 읽지 않은 나는 논쟁의 한쪽 구석에서 '세상에 일류 연애도 있나?' 하는 물음을 가지며 턱이 아플 때까지 한치나 오징어 다리 같은 것을 씹어야 했다.

나는 서점 대여 코너에 꽂힌 하루키의 소설 중에서 『상실의 시대』를 집어들고 계산대로 갔다. 내가 열흘 정도 길게 빌릴 것이라 하자 서점 주인은 그럴 바에는 그냥 책을 사가라고 했다. 그동안 사람들의 손이 많이 타서 다음주쯤에 새 책이 들어온다며 대여료만 내고 가져가라는 것이었다.

방으로 돌아와 펼쳐본 책은 생각보다 더 더러웠다. 커피 자국 같은 것은 예사였고 밑줄이 그어지거나 메모가 되어 있는 면도 여럿이었다. 나는 책을 처음부터 읽는 대신 앞서 이 책을 읽은 이들이 쳐놓은 밑줄들을 먼저 읽기 시작했다.

소리에서 태어나고 죽는다

"어떤 사람들에게는 사랑이란 게 지극히 하찮은, 혹은 시시한 데서부터 시작되는 거야. 거기부터가 아니면 시작되지 않는 거지."

—『상실의 시대』, 130쪽

사랑의 시작과 끝은 언제나 명확하지 않다. 연애를 처음 시작한 날을 기억하고 백 일, 1주년, 천 일 등을 기념할 수는 있지만 사랑이 처음 시작된 날을 기억하고 기록하는 것은 쉬운 일이 아니다. 대부분의 연애는 상대에 대한 사랑의 마음이 자신도 모르게 자라나 있을 때 시작되는 것이므로 연애의 시작은 사랑의 시작보다 늘 한발 늦다.

이별의 경우라면 이야기는 더 복잡해진다. 사랑의 감정이 모두 끝났는데도 이별하지 못하고 연애를 이어가는 경우도 많고 이와 반대로 사랑이 끝나지 않은 채 이별하는 사람들도 많다. 다만 사랑의 시작과 끝에는 어떤 징후들이 감지되는데 그것은 소설 속 문장처럼 "지극히 하찮은, 혹은 시시한 데서부터 시작" 된다.

내 경우에는 그것이 소리였다. 터뜨리는 웃음이나 나지막이 흥얼거리는 상대의 콧노래, 심지어는 마른기침 소리까지도 살갑게 느껴질 때 나는 내가 사랑에 빠졌음을 알아챈다. 반대로 상대가 가진 특유의 말투나 부르는 노래, 음식물을 씹는 소리가 귀에 거슬릴 때 나는 이 사랑이 곧 끝을 맞이할 것이라 직감한다.

변화와 변덕

사랑의 세계에서는 소리가 들리는 방식이 다르다. 저녁이 가고 어둠이 밀려오는 속도가 다르다. 집으로 돌아오는 밤길이 다르고 새벽 창으로 들어오는 공기의 서늘함이 다르다. 분명 늘 혼자 먹던 음식인데도 다시 그 음식을 혼자 먹어야 할 때 느껴지는 감정이 다르다. 깊은 잠에 빠진 상대를 바라보는 눈동자에 연한 빛이 맴돈다면 잠에서 깬 상대를 바라보는 눈빛에는 어느새 짙음으로 가득하다.

이렇듯 사랑에 빠진 사람이라면 수많은 변화를 몸과 마음으로 겪어야 한다. 그러니 어떻게 보면 사랑에 빠진 이가 변덕을 부리는 것은 당연한 일이다. 평소 질투라는 감정에 무디던 애인이 사랑을 시작하면서 내 과거 시간에 대한 질투에 몸서리치는 것을, 나는 얼마 전에도 아프게 지켜보아야 했다.

"가령 지금 내가 자기에게 딸기 쇼트 케이크를 먹고 싶다고 하면 말이야, 그러면 자기는 모든 걸 집어치우고 그걸 사러 달려가는 거야. 그리고 헐레벌떡 돌아와서 '자, 미도리 딸기 쇼트 케이크야' 하고 내밀겠지. 그러면 나는 '흥, 이런 건 이젠 먹고 싶지 않아' 그러면서 그걸 창문으로 휙 내던지는 거야. 내가 바라는 건 그런 거란 말이야."

—『상실의 시대』, 130쪽

실체

두 해 전 내가 좋아하는 소설가 선배를 집으로 초대한 날이 생각난다. 생일이 비슷한 우리가 함께 파티를 하기로 약속한 날이었다. 나는 냉장고 가득 필스너 맥주를 채워넣었고 상차림을 도와주러 온 후배는 와인을 사왔고 곧이어 선배는 일본 청주를 사왔다. 우리들은 그날 마셔서는 안 될 만큼의 술을 마셨다. 야구와 연애와 캠핑 같은 것을 주제로 이야기했고 문학 이야기는 하지 않았던 것으로 기억한다.

나는 술자리의 말미에 깜빡 잠이 들었다가 집으로 돌아가는 선배를 배웅하려 다시 일어났다. 함께 밤길을 걸어 대로변으로 나간 선배가 택시를 잡으며 다음과 같은 말을 했다. "정치든 사회든 어느 한 사람이 독재하는 구조에서 꼭 문제가 생겨나잖아? 나는 사랑의 관계도 마찬가지라고 생각해." 그때 선배의 말을 다시 생각하며 누군가 밑줄을 그어놓은 아래의 문장을 오래 읽었다.

> 그녀가 찾고 있는 것은 내 팔이 아니라 '그 누군가' 의 팔인 것이다. 그녀가 찾고 있는 것은 나의 따스함이 아니라 '그 누군가' 의 따스함인 것이다. 내가 나 자신이라는 데서 나는 어쩐지 꺼림칙한 기분을 지울 수가 없었다.
>
> —『상실의 시대』, 55쪽

상대가 사랑하고 있는 사람이 내가 아니라 '그 누군가'가 되었을 수도 있었다는 사실. 혹은 지금 내가 받고 있는 그 사랑이 과거 '그 누군가' 가 받았던 것이라거나, 훗날 다른 '그 누군가' 가 받게 될 것이라는 사실. 이러한 사실들로 사랑을 하고 있는 우리의 마음은 곧잘 상한다.

하지만 생각을 한번 더 깊이 가져가보면 그리 억울해할 일은 아니다. 우리가 정말 사랑하는 대상은 '그 누군가'가 아니라 사랑을 하고 있는 자기 자신의 모습이기 때문이다.

상대에게 유일한 존재가 되고 싶은 감정을 '사랑'이라 부를 수도 있겠으나, 내가 나에게 유일해지고 싶은 감정은 '사랑'이라는 말이 아니라면 부를 방법이 없다.

사랑의 진실

육식을 하지 않는 사람과 비린 것을 먹지 못하는 사람. 밥 먹기 전에 물을 마시는 사람과 밥을 먹은 후에 물로 입을 헹구는 사람. B형 간염 보균자와 B형 간염 항체가 없는 사람. 대학을 나온 사람과 중학교를 마치지 않은 사람. 평전 읽기를 좋아하는 사람과 프리미어리그 경기를 챙겨 보는 사람. 쇼핑을 오래하는 사람과 좁은 골목을 천천히 걷는 사람. 댐이나 보로 물을 가둔 강에서 웨이크보드를 타는 사람과 안개 걷힌 강가에서 노트를 펼치는 사람. 집이 가난한 사람과 마음이 가난한 사람. 사랑을 믿는 사람과 사람을 믿는 사람.

나와 당신이 서로 다른 사람이라는 것이 우리의 사랑을 어렵게 만든다. 그 수많은 다름을 견주어보는 동시에 그 다름을 감내해내야 한다는 점이 우리의 사랑을 아프게 만든다. 누군가를 사랑하기 시작하면서부터 우리는 평소 자신에게조차 내색하지 않던 스스로의 속마음과 마주치게 되는데, 그것은 대개 오랜 상처나 열등감 같은 것이라는 사실이 우리의 사랑을 외롭게 한다.

하지만 나와 당신이 다르지 않다면 사랑은 애초에 존재하지도 않는다. 당신의 외모와 성격과 목소리와 자라온 환경과 어떤 것에 대해 품고 있는 마음이 나와 다르다는 점에서 사랑이 탄생한다. 자신과 비슷한 수준, 환경, 생각을 가진 사람만을 찾아 사랑이나 결혼을 해야 한다고 믿는 사람을 나는 긍정하지 않는다.

사람이 사람을 진실로 사랑한다는 건, 자아自我의 무게에 맞서는 것인 동시에, 외부 사회의 무게에 정면으로 맞서는 것이기도 합니다. 그리고 이렇게 말하는 것은 참

가슴 아픈 일이지만 누구나 그 싸움에서 살아남게 되는 것은 아닙니다.

—『상실의 시대』, '작가의 말' 중에서

사랑에 대해 내리는 정의들은 너무나 다양하며 그래서 모두 틀리기도 모두 맞기도 하다. 다만 세상에 수많은 사람이 수많은 사랑을 하고 있다는 사실만큼은 언제나 참일 것이다. 나에게 그리고 당신에게 여전히 이 세상에 대한 애정이 남아 있다면 그 이유도 바로 이것일 것이다.

3부

봄 마중

해남 보성 순천 여수 광양 하동 남해 진주 통영 거제 부산 제주.

어디가 되었든 늦겨울, 남행南行에서 맛볼 수 있는 가장 큰 기쁨은 봄을 먼저 만날 수 있다는 사실이다.

다시 말해 이 시기의 남행은 봄 마중이다. 어차피 가만있어도 오는 봄을 굳이 먼길을 내려가면서까지 먼저 만나볼 필요가 있느냐는 생각이 들 수도 있겠다. 물론 틀린 말은 아니다.

하지만 오랫동안 멀리 떨어져 있던 그리운 이가 있다면 그가 곧 올 것임을 알면서도 우리는 공항이나 터미널 같은 곳까지 마중을 나가지 않는가.

마중을 나가서는 고개를 길게 빼두고 눈빛도 조금 멀리 두고 상대를 기다리지 않는가. 그러다 상대와 눈을 마주치고는 웃음을 지어 보이곤 하지 않는가. 막 들기 시작하는 봄빛처럼, 환하게.

작은 일과 큰일

산의 맨 이마를 덮어두는 구름처럼 요즘 나는 손으로 내 이마를 자주 짚어본다. 더러 미열을 앓는 날도 있다. 한 가지 재미있는 것은 이마에 손이 포개어질 때의 촉감은 손바닥보다는 이마에서 더 강하게 느껴진다는 것이다. 손으로 코를 만질 때와 손으로 어깨를 잡을 때 혹은 손으로 무릎을 긁을 때와는 달리 이마를 덮으며 손은 애써 감각을 양보하는 듯하다.

아마 이것은 오래된 습관이 만들어냈을 터이다. 대부분 우리의 이마를 짚어오는 손은 자신 스스로의 것이 아니라 상대의 다정한 손인 경우가 더 많았기 때문이고 거꾸로 자신의 손을 이마에 포갤 때 그 이마는 내 것이 아니라 애정을 갖고 있는 상대의 것인 경우가 많았기 때문이다.

무슨 커다란 발견인 양 이야기하고는 있지만 사실 이것은 한없이 작은 일이다. 하긴 나는 이렇게 사소하고 작은 일들을 좋아한다. 밤새 내린 눈으로 산이 하얗게 변하는 일, 사랑하는 사람과 함께 흰 산을 눈에 넣으며 감탄하는 일, 따듯한 물에 언 발을 담그는 일, 숨을 한번 크게 들이쉬고 고맙다거나 미안하다는 말을 하는 일…… 우리와 함께하는 작은 일들은 모두 나열할 수 없을 만큼 흔한 것이다.

그런데 간혹 이런 작은 일들이 우리 곁을 떠나가고 있다. 오래 자란 나무가 갑자기 베어지는 일, 땅이 집을 잃고 집이 사람을 잃어가는 일, 자유롭게 흐르던 강물이 갇히는 일, 인간의 노동이 노동으로 대우받지 못하는 일, 누군가의 죽음이 애도되지 못하는 일……

작은 일들은 작은 일로 두어야 한다고 생각한다. 그러지 않으면 정말 큰일이 생길 것이기 때문이다. 이제 삼월도 지났다. 누구에게는 작은 일처럼 또 누구에게는 큰일처럼, 사월이 오고 있다.

다시 떠나는 꽃

사월, 서풍이 들면 매화나무의 흰 꽃들은 얼마쯤 바람을 타고 날아가 낯선 이의 땅에 떨어질 것입니다. 그렇지만 이제 이런 일은 슬프지 않게 되었습니다.

그해 행신

사람에게 미움받고.

시간에게 용서받았던.

알맞은 시절

몇 해 전 봄이었다. 무작정 남쪽으로 떠나야겠다고 생각한 적이 있었다. 긴 겨울이 끝났다는 기쁜 마음이 있었고 오래 다니던 직장을 막 그만두었던 시기라 허허로우면서도 막막한 마음도 얼마쯤 있었다.

새벽, 차를 몰고 고속도로에 올랐다. 대전 지나 함양쯤 갔을까. 환기를 시키려 창을 열었는데, 내가 떠나온 서울과는 공기부터 다른 것을 느낄 수 있었다. 기분 탓인지 아니면 온도나 습도 때문인지 정확한 이유야 알 길이 없었지만 봄 냄새가 분명하면서도 선연하게 풍겨오고 있었다. 햅쌀을 불려 놓은 물처럼 구수하고, 땀 흘리며 자고 있는 아이의 이마 냄새처럼 새큼하면서도, 오래 묵은 양주를 처음 열었을 때처럼 퍼지는 알싸함. 물론 이런 언어로는 다 표현할 수 없는. 만약 내가 조향사라면 봄 냄새를 닮은 향수를 만들어낼 것이다.

오전, 남해의 한 마을에 도착한 나는 바다의 푸른빛과 하늘의 푸른빛을 번갈아가며 눈에 담아두었다. 한참을 지나서야 허기를 느꼈는데 아쉽게도 근처에 아침을 먹을 만한 밥집은 하나도 없었다. '봄도다리'나 '도미' 같은 제철 횟감을 큰 글씨로 써서 붙여둔 횟집들만 눈에 들어왔다. 하지만 오전부터 문을 연 곳은 없었고 설사 문이 열려 있다고 해도 혼자 들어갈 용기는 나지 않았다.

인터넷 검색을 해보니 차로 얼마간을 더 가면 멸치쌈밥으로 유명한 집이 있었다. 양념장과 함께 오래 졸인 생멸치를 여러 쌈 채소에 싸먹는 음식. 나도 두어 번 먹어본 적이 있었는데 그때마다 멸치가 이렇게 크고 맛있는 생선이었구나 하고 놀라곤 했다. 문제는 그 집 역시 아직 문을 열지 않은 시간이었고 게다가 1인분은 팔지 않는다고 했다.

결국 생각해낸 것이 학교 근처로 가보자는 것이었다. 학교 근처에는 늘 분식집이 있고 그런 분식집이라면 간혹 아침부터 장사를 시작하는 곳도 있으니 말이다. 나의 학창 시절을 떠올려보아도 학교 근처 분식집에는 아침을 거르고 집에서 나온 아이들이 김밥이며 라면을 사 먹는 경우가 많았다. 내비게이션으로 가장 가까운 학교를 찾아갔다. 한 여자중학교였고 학교 근처에는 내 생각처럼 분식집이 하나 있었다.

나무 미닫이문을 열고 분식집에 들어섰다. 수염을 덥수룩하게 기른 중년의 남자와 몸이 불편해 보이는 중년의 여자가 나를 쳐다보았다. "지금 식사를 할 수 있을까요" 하고 물었더니 둘은 동시에 "네" 하고 대답했다. 남자는 단호한 말투였고 여자는 어눌한 말투였다. 나는 메뉴판을 오래 보다가 김치찌개를 하나 시켰다.

여자는 뇌졸중 후유증을 앓고 있는 듯 보였다. 몸의 절반은 봄 같았고 남은 절반은 겨울 같았다. 더듬거리는 말로 남자에게 이것저것을 말했고 남자는 그녀의 말을 곧잘 따랐다. 내 테이블에서는 건너편 주방이 훤히 들여다보였는데 남자는 여자가 시키는 대로 뚝배기를 올리고 육수를 붓고 돼지고기와 김치를 넣었다.

그때 다툼이 시작되었다. 조미료를 넣지 말라는 여자의 말과 조미료를 넣지 않으면 맛이 안 난다는 남자의 의견이 팽팽하게 엇갈렸다. 둘의 목소리는 점점 높아졌다.

힐끔힐끔 주방을 보던 나는 무안한 마음에 분식집 벽면에 가득 적혀 있는 학생들의 낙서로 시선을 돌렸다. 아이돌 멤버 이름 뒤에 하트를 그려넣은 것이나 친한 친구들의 이름을 적어두고 사랑한다거나 영원하자는 말을 덧붙인 낙서가 대부분이었다. 장난스러운 말투로 '애인 구함'이라 적은 낙서 같은 것도 있었다.

그사이 김치찌개가 나왔다. 조금 불안한 마음으로 첫술을 떠보았는데 놀랄 만큼 맛이 좋았다. 조미료 맛이 나지 않은 것을 보면 결국 남자는 여자의 말을 들은 것 같았다. 한참 밥을 먹다가 고개를 들어보니 내가 찌개를 어떻게 먹고 있는지 궁금한 듯 이번에는 그들이 나를 힐끔힐끔 쳐다보고 있었다.

나는 다시 고개를 숙이고 밥을 먹는 것에 열중했다. 단숨에 뚝배기를 비웠다. 그 모습을 보고 그제야 그들도 안심하는 눈치였다. 나는 휴지로 입을 닦으며 아이들의 낙서로 가득한 벽면에 '봄날에는 사람의 눈빛이 제철'이라고 작게 적어두고 그곳을 나왔다.

일상의 공간, 여행의 시간

그해 여름 나는 남도의 어느 소읍에 머무르고 있었다. 나는 그곳에서 목표했던 분량만큼 글을 쓰기 전까지는 집으로 돌아가지 않겠다고 마음먹었다.

타지에 왔다고 해서 평소 안 써지던 글이 갑자기 잘 써지는 것은 아니었다. 게다가 나는 그곳에서 글을 쓰는 데 골몰하는 대신 낯선 환경을 경계하고 그에 적응하느라 분주했다. 또 그곳에서 만난 새로운 것들 가운데 내가 좋아할 만한 것들을 찾아내고 싫어하는 것들로부터 애써 마음을 피해 다니느라 대부분의 시간을 흘려보냈다.

나는 그곳에서 한끼에 반찬을 아홉 가지나 주는 시외버스 터미널 근처 식당과 그 식당의 할머니를 좋아했다. 사이다 버튼을 눌러도 콜라가 나오는 느티나무 아래 음료자판기를 좋아했고 바로 옆 2백 원짜리 일반 커피와 3백 원짜리 고급 커피의 맛이 전혀 다르지 않은 커피자판기도 좋아했다.

반면 그 식당에서 며칠씩 외상을 하고 값을 치를 때마다 꼭 2, 3천 원씩 돈을 헐어 내는 한 중년의 남자를 싫어했다. 하루종일 흰 개를 묶어두면서도 물그릇을 자주 마르게 두는 느티나무 옆 카센터 주인을 싫어했다. 그는 주로 건물 안에 있다가 카센터로 들어오는 차를 보고 흰 개가 짖으면 밖으로 나오곤 했는데 반려동물에 대한 의식은 고사하고 동업자에 대한 예의도 없는 사람이었다.

내가 그곳에서 가장 자주 한 일은 걷는 것이었다. 밥을 먹고 걸을 때도 있었고 끼니를 거르고 걸을 때도 있었다. 볕을 맞으며 걸었고 비가 오는 날에도 걸었다. 걷고 있는 시간만큼은 미래에 대한 막막함이나 글쓰기에 대한 두려움, 내가 스스로 세운 목표에 대한 중압감 같은 감정들을 조금 내려놓을 수 있어 좋았다. 대신 발이 아프다, 목이 마르다, 버드나무는 수피樹皮의 색이 유독 진하다, 같은 직관적인 생각들을 자주 했고 오래전 내가 누군가에게 했던 허언虛言들을 되새기거나 보고 싶은 사람을 두엇쯤 떠올려보기도 했다.

여정을 마치고 다시 돌아오던 날, 나는 처음 각오했던 한 권 분량의 원고를 쓰기는커녕 몇 개의 단상만을 메모해둔 채 별 소득 없이 서울로 향해야 했다. 다만 달라진 것이 있다면 낯설기만 했던 그곳의 풍경과 사람들이 더없이 친숙해졌다는 것, 얼굴과 목이 많이 탔다는 것, 그리고 평소 지겹고 답답하기만 했던 원래 내 삶의 일상과 거처가 조금 그리워졌다는 사실이었다.

일상의 공간은 어디로든 떠날 수 있는 출발점이 되어주고 여행의 시간은 그간 우리가 지나온 익숙함들을 가장 눈부신 것으로 되돌려놓는다. 떠나야 돌아올 수 있다.

광장의 한때

누구인가를 만나고 사랑하다보면 우리는 그 사람을 알게 된다. 하지만 그 사람을 다 알았다고 생각하는 순간 무엇인가 모르는 구석이 생긴다.

이것은 당연한 일이다. 나의 세계 속에서 자라는 상대가 점점 울창해지고 있다는 뜻이다. 아니 이것은 내가 상대의 세계로 더 깊이 걸어들어왔다는 뜻이다.

단칸방, 투룸, 반지하, 옥탑 혹은 몇 평이라고 말하며 우리들의 마음을 더없이 비좁게 만드는 현실 세계의 공간 셈법과 달리 사랑의 세계에서 공간은 늘 광장처럼 드넓다.

이 광장에서 우리가 만나고 길을 잃고 다시 만나고 헤어진다.

극약과 극독

음식을 대하는 일이 마치 사람을 만나는 일처럼 느껴지곤 한다. 나의 오랜 버릇 중 하나는 한번 갔던 식당이 마음에 들면 몇 번이고 그곳을 찾아 매번 같은 메뉴를 먹는 것이다. 이것은 새로 인간관계를 넓히는 일 앞에서 늘 서름서름해하는 내 성격과 꼭 닮아 있다.

물론 원하든 원하지 않든 새로 사람을 만나야 하는 일이 잦은 것처럼 낯선 음식을 접하게 되는 경우도 많다. 누군가를 처음 만나 인사를 나눌 때 으레 고향과 사는 곳에 대해 이야기하게 되듯, 나는 어떤 음식을 처음 접할 때 산지를 확인하고 유통 경로를 떠올려보는 버릇이 있다. 그뿐만이 아니다. 함께 이야기를 나누며 상대를 알아가듯 음식의 맛은 물론 모양과 질감, 조리법을 유심히 살펴본다. 이러한 과정을 겪다보면 어느새 그 음식이 조금 친숙하게 다가온다.

하지만 바쁘게 살아가다보면 음식을 먹는 일 자체에 그리 큰 신경을 쓰지 못할 때가 많다. 연신 시계를 보며 패스트푸드를 허겁지겁 먹어야 할 때, 점심에 면을 먹었는데 다시 라면으로 저녁을 때우게 되었을 때, 혹은 어쩌다 낮부터 고기를 먹었는데 저녁 회식 장소가 갈빗집으로 잡혔을 때 우리는 외롭고 쓸쓸하고 속이 더부룩해진다. 마치 일을 통해 알게 된 수많은 사람들과 기계적으로 만났다 헤어지는 일처럼.

몇 해 전 겨울, 친구들과 제주 여행을 간 적이 있었다. 직장에서 만났지만 서로 생각의 모양과 마음의 씀씀이가 비슷했던 터라 빠르게 가까워진 이들이었다. 나는 마치 가이드가 된 것처럼 끼니마다 제주 시내의 삼치횟집, 동문시장의 순댓집, 모슬포의 방어횟집, 성산의 조개죽집과 같은 이미 내가 여러 번 가보았던 제주의 식당들로 친구들을 안내했다.

그러는 동안 한라산에는 큰 눈이 내렸다. 우리는 눈을 구경하려 비자나무가 빽빽하게 들어선 중산간의 숲을 찾아갔다. 눈으로 뒤덮인 비자나무숲은 생각만큼 아름다웠고 그 길을 걷는 일은 생각보다 즐거웠다. 잠시 쉬는 동안 보온병에 담아간 물로 커피를 내려 마시기로 했다. 커피를 내리던 내 눈에 들어오는 것이 하나 있었다. 처음 보는 붉은 열매였다. 앵두 같기도 하고 석류의 속살 같기도 했는데, 흰 눈 위에 놓여 있는 모양이 참 고왔다. 나는 그 열매를 주워 생각도 하기 전에 입속으로 가져갔다.

열매를 깨물자 과즙이 터져나왔고 나의 비명도 함께 터져 나왔다. 맛을 느낄 새도 없이 아리고 맵고 뜨겁고 따가운 감각이 입 전체를 휘감았다. 바로 입에 있던 열매를 다 뱉어내었지만 통증은 쉽게 사라지지 않았다. 아니 점점 심해졌다. 친구들은 순식간에 벌어진 상황에 놀라면서도 당장 병원에 가야 한다며 내가 먹은 열매의 사진을 몇 장 찍어두었다.

내려오는 길에 한 친구는 인터넷 검색으로 내가 먹은 것의 정체를 찾아주었다. 천남성天南星이라는 식물의 열매라고 했다. 강한 염기성과 독성이 있어 조선 시대에는 사약의 주재료로 쓰였다는 말도 덧붙였다. 다행스러운 일은 열매를 삼키지 않고 뱉어냈다는 것이었고 불행스러운 일은 내 입술과 혀가 퉁퉁 붓기 시작했다는 사실이었다. 숲길을 다 내려와 물로 입을 몇 번이고 씻어내고 나서야 통증은 조금 진정되는 듯했다.

그날 저녁, 나는 입속이 다 헐은 채로 낮에 먹은 열매에 대해 더 알아보았다. 친구의 말처럼 내가 먹은 천남성은 부자附子라는 식물과 함께 사약의 주재료로 쓰였다. 드라마에서 흔히 보는 장면과 달리 사약은 마시자마자 피를 토하고 죽음에 이르는 것이 아니다. 마시고 나서 위장에서 사약이 흡수될 때까지 고통스러운 시간이 얼마간 더 따른다. 비운의 삶을 살다 강원도 영월 청령포에서 죽음을 맞이한 단종은 사약을 마신 후 약기운을 빨리 돌게 하기 위해 군불을 땐 따뜻한 방에 들기도 했다. 또하나 우리가 잘 모르고 있던 사실은 사약賜藥의 말뜻이다. 이때의 '사'는 죽을 사死가 아니라 줄 사賜 자를 쓴다. 말 그대로 왕이 하사한 약이라는 것이다. 육신을 훼손하는 능지처참이나 참수형에 비해 조금 관대하다는 의미였을까.

놀라운 것은 이 천남성이라는 식물이 소음 체질의 사람에게는 약으로 처방된다는 것이다. 예로부터 천식과 중풍, 파상풍, 관절염에 널리 사용되어왔다고 한다. 물론 자연에서 채취된 생약을 가공해 처방 재료로 만드는 한의학의 포제라는 과정을 거친 후에 말이다.

극약이 곧 극독이고 극독이 곧 극약이라는 말은 수사修辭가 아니었다. 실제로 우리가 몸으로 들이는 것이 약이 될 수도 있고 또 독이 될 수도 있다는 것이다. 물론 우리가 마음으로 들이는 숱한 사람들과 관계 역시 크게 다르지 않을 것이다.

첫사랑

빛이 늘어지는 오후에도 상점 안이 들여다보이지 않는 수밀원 꽃집.

얼굴에 큰 화상 흉터가 있던 주인아저씨는 동네 형들의 이야기처럼 밤에 혼자 걷는 아이들의 입을 분재가위로 찢을 것이 분명했다.

심부름 봉지를 들고 꽃집 앞을 냅다 내달려야 했던 날들이 다 흘러가고.

오래전 그 길에 떨어뜨린 동전을 찾듯 수밀원 앞에서 머뭇거리다 너의 앞니 같은 안개꽃 다발을 들고 나와 입이 찢어져라 웃었던.

마냥 봄이었다.

우산과 비

장마가 지났다는 일기예보를 듣고 여름 내내 가방에 넣고 다니던 작은 우산을 집에 두고 나왔다. 시내 우체국에 갔다가 다시 집 근처에서 몇 개의 일을 더 보고 돌아오는 길, 보기 좋게 비를 만났다.

이런 사소한 불운쯤은 이제 내 생활의 일부라는 생각도 들었고 무엇을 타기에는 애매한 거리라 그냥 걷기로 했다.

빗줄기는 생각보다 드세졌다. 아니 세상이 끝날 것처럼 내렸다. 처음에는 비를 조금이라도 덜 맞아볼까 비닐 소재의 가방을 머리에 이어보기도 하고 길가를 두리번거리며 어디 쓸 것이 없나 찾아보았다.

하지만 금세 내 몸은 더 젖을 것도 없이 흠뻑 젖었고 나는 비를 피할 생각을 그만두고 그냥 걷기로 했다. 고민할 필요가 없을 만큼 비를 맞은 것이 차라리 후련했다.

그즈음 나에게는 온통 마음을 쓰며 고민해도 잘 풀리지 않던 일이 하나 있었다. 일이 변모될 수 있는 가장 좋은 장면과 가장 아쉬운 장면 사이에서 한없이 어지러웠다.

그러다 나는 가장 좋은 장면을 머릿속에서 지우고 가장 아쉬울 장면만을 떠올리기로 했다. 한참을 그러다보니 그것이 꼭 아쉬운 것만도 아니라는 생각이 들었다.

빗길을 걸으며 우산을 가져오지 않은 것에 대한 후회도 잘 접어두었다. 어차피 우산으로 막을 수 있는 비가 아니었기 때문이다. 비는 더 쏟아지는데 자꾸 웃음이 났다.

절

불교문화에 대한 글을 써달라는 청탁을 받고 전국 각지의 절들을 돌아보았던 적이 있다. 크고 유명한 절들을 다니며 귀한 불상이나 탱화, 전각과 사찰음식들을 가까이 접했다.

하지만 가장 인상 깊게 남아 있는 곳은 유난히 노승들이 많이 계시던 경상도 산골의 한 작은 절이었다. 승복을 입지 않은 스님도 계셨고 새벽 예불에 참석하지 않는 분도 계셨다. 그 절의 주지스님께 노승들의 하루 일과를 묻자 뜻밖의 답이 돌아왔다. 예불, 참선, 독경 같은 일과로부터 모두 자유롭다는 것이었다.

배가 고플 때 먹고, 고단할 때 몸을 뉘이고, 졸음이 오면 애써 쫓아내지 않고 잠이 드는 것. 어쩌면 이것이 인간으로서 성취할 수 있는 해탈과 가장 가까이 자리하는지도 모른다는 생각을 했다. 적어도 그렇게 참지 않는다면 조금 덜 욕망할 수 있을 테니까.

모처럼의 휴일, 오늘은 충분히 아침잠을 잤고 배고픔을 느끼자마자 냉장고의 찬을 데워 밥을 먹었다. 그리고 보고 싶은 사람에게 오랜만에 연락을 해보려 한다. 이제 아침저녁으로 바람이 차가워졌으니 그곳 산사山寺에도 고운 빛의 꽃무릇이 잘도 피었을 것이다.

취향의 탄생

생각해보면 나는 환경이 바뀌는 일에 유난히 민감해했다. 계절이 바뀌고 해가 흘러도 집에 있는 가구들의 배치를 바꾸는 법이 거의 없고 매일 저녁 아파트 주차장에서도 꼭 같은 곳에 주차를 해야 마음이 놓인다.

대학 시절, 방학이 되면 친구들은 교환학생이다 어학연수다 하는 이름들로 멀리 떠났지만 나는 늘 빈 강의실과 한적해진 도서관과 학교 앞 술집들을 지켰다.

일찍이 중고등학교를 다닐 때부터 새 학기만 되면 나는 으레 말수가 적고 소극적인 아이로 변해 있었고 더 시간을 거슬러올라가면 엄마와 떨어지는 것이 무서워 유치원 문턱에도 가지 못한 아이가 바로 나였다.

앞서 말했지만 낯을 많이 가리는 성격 탓에 번화가에 있던

학원이나 태권도장 같은 곳을 다니지 못한 유년의 내가 가장 즐겨 한 것은 창밖으로 보이는 산의 봉우리들을 눈에 담아 두는 일이었다. 당시 내가 살던 집은 북한산 바로 아래에 있어 방안에서도 족두리봉과 비봉과 먼 향로봉이 한눈에 들어왔다.

책상에 앉아 희고 너른 암벽을 오래 바라보다보면 그것이 꼭 도화지 같기도 하고 칠판 같기도 해서 나는 눈으로 그림을 그리거나 혼자 좋아하던 같은 반 여자아이의 이름을 쓰고 지울 수 있었다.

조금 더 시간이 흘러 고등학생이 되고서는 나는 바위가 아니라 노트에 글을 적기 시작했다. 처음에는 일기와 편지의 형식이었지만 나중에는 산문과 시로 변했다. 당연히 내 진로 또한 '글'과 관련된 것이 되어야 한다고 생각했다.

문학을 배우러 간 대학에는 다행히도 나 같은 아이들이 많았다. 우리는 매일매일 안주도 없이 이성복과 기형도 같은 시인들의 이야기로 찬 소주를 마셨다. 열정과 치기로 가득했으나 유난히 입이 어렸던 날들이었다. 후배들에게 "문학은 말이지……" "삶은 말이야……" 하고 낮은 목소리로 운을 떼며 각자의 부끄러운 어록들을 만든 것도 이 시기였다.

군대를 다녀온 후 친구들은 하나둘씩 사라졌다. 누구는 편입학원으로 또 누구는 인턴 사원으로 다른 친구는 토익학원으로 떠났다. 물론 나는 한 번도 그 친구들을 원망하거나 배신자라고 생각한 적은 없다. 아니 오히려 부러워했다. 다만 모험을 싫어하는 성격상 나는 지금껏 해오던 시쓰기를 그만두고 새로운 인생의 계획을 세울 용기가 없었다. 다시 혼자였지만 홀로 무엇을 하는 것이 나에게는 익숙한 일이라 그나마 위안이 되었다.

몇 해 지나 나는 평소 좋아하던 문예지를 통해 등단을 했다. 물론 등단을 했다고 해서 크게 바뀌는 것은 없었다. 하지만 골방에서 쓰고 읽던 시를 지면을 통해 독자들에게 보여줄 수 있다는 것이 무엇보다 기뻤다.

서른이 조금 넘은 지금에서야 생각하는 것이지만 요즘 같은 세상에 이십대의 시간들을 온전히 글쓰기에 바친다는 것이 얼마나 큰 모험이었는지, 그리고 내가 앞으로 '시인'이라는 꼬리표를 달고 살아가야 할 삶이 얼마나 힘겨울 것인지 그 당시에는 전혀 몰랐다.

대개의 사람들은 '시인'을 만나면 처음에만 막연한 호기심을 보일 뿐, 그 호기심이 다하면 잊고 마는 것이 보통이다. 그렇다고 해서 내가 '시인'을 마치 무슨 벼슬이나 지위에 오른 것처럼 생각하는 것은 아니다.

최근 문화체육관광부의 조사에 따르면 문인들이 예술 활동을 통해 벌어들이는 평균 연봉은 214만 원이라고 한다. 물론 문인들은 이미 현실적인 욕망을 미적이고 문학적인 욕망으로 대체해 행복을 누릴 줄 아는 사람들이다.

시가 돈이 되지 않듯, 시인이 직업이 될 수 없으니 내가 한 일들은 그동안 빈번하게 바뀌었다. 두 해 가까이 오류동의 마트에서 배달을 했고, 강서구의 청과물 경매장에서 지게차를 몰았고, 교정지와 함께 눈을 뜨고 교정지 위에 얼굴을 묻고 잠들어야 하는 출판사의 편집 일도 했다. 관람객들이 잘 찾지 않는 문학박물관에서 큐레이터 일을 하며 허허로운 시간을 보낸 적도 있고 꽤나 좋은 조건으로 홍보직 공무원 생활을 한 적도 있다.

신기한 것은 낯설고 새로운 환경을 싫어하는 내가 직장을 옮길 때만큼은 큰 스트레스를 받지 않는다는 것이었다. 아니 더 정확히 말하자면 안정적으로 잘 다니던 직장을 갑자기 그만두고, 삶을 한순간에 뒤엎어버리곤 했다는 것이다. 그렇게 일을 그만두고 나면 어김없이 책과 노트북을 챙겨 여행을 떠났다.

더없이 정적이고 모험을 싫어하는 내 성격을 바꾼 것이 바로 이 여행이다. 물론 처음 나의 여정들은 내 성격을 꼭 닮아 있었다. 스물을 갓 넘긴 나이의 여행은 가평과 양평과 청평이 전부였다. 그러면서도 '대성리나 강촌은 볼 것이 없어' 하고 의기양양해 있었다.

전역을 하고 복학한 후 오래된 중고차를 한 대 구하고 나서는 안면도를 그렇게 다녔다. 잘 알려진 꽂지해수욕장과 방포해수욕장은 물론이고 인적이 드문 두에기해수욕장까지…… 여행을 가면 꼭 자던 숙소에서만 자고 가본 적 있는 식당에서만 음식을 먹고 같은 길을 달려 집으로 돌아왔다. 낯선 곳에서 구태여 익숙함을 찾아내 그 감정을 즐기던 때였다.

하지만 이후 점점 새로운 여행의 취향이 생기기 시작했다. 내 새로운 취향은 주로 음식에 관한 것이었다. 섬진강에 봄이 오면 하동의 재첩국과 수박 향이 은은히 번지는 구례의

은어를 접했다. 여름 신안의 민어와 흑산도의 홍어, 가을에는 포항의 과메기와 서천의 박대를 즐겼다. 겨울 영월의 곤드레와 수안보의 꿩고기와 서귀포의 방어도 빼놓을 수 없다. 이러한 미각이 생기지 않았더라면 나는 그 많은 여행을 할 동기를 얻지 못했을 것이다.

미각 다음에 생긴 취향은 시각이었다. 봄을 맞은 통영의 동백섬과 여름이 머무는 고성의 화진포, 그리고 가을 제주의 비자림과 용머리해안, 겨울 철원의 고석정을 비롯한 전국의 많은 곳곳을 어떤 계절과 시간에 찾아야 눈앞에 선경仙境이 펼쳐지는지 나는 여러 번 시행착오를 겪으며 몸소 익혔다.

미각과 시각 다음에 생긴 여행의 취향이 있다면 그것은 사람에 관한 것이다. 거칠게 요약을 하자면 좋은 술안주가 많은 동해는 친구들과 가기 좋은 곳이고 내가 살고 있는 일산 집과 비교적 가까운 서해는 부모님과 그리고 바람과 별이 좋은 남해와 제주는 사랑하는 사람과 가기 좋은 곳이다. 나는 특히 남해 중에서도 통영을 사랑했다. 으레 통영 여행을 마치고 돌아오면 시를 쓰기도 했는데 아래의 시도 그중 한 편이다.

미인은 통영에 가자마자

새로 머리를 했다

귀밑을 타고 내려온 머리가

미인의 입술에 붙었다가 떨어졌다

내색은 안 했지만

나는 오랜만에 동백을 보았고

미인은 처음 동백을 보는 것 같았다

"우리 여기서 한 일 년 살다 갈까?"

절벽에서 바다를 보던 미인의 말을

나는 "여기가 동양의 나폴리래" 하는

싱거운 말로 받아냈다

불어오는 바람이

미인의 맑은 눈을 시리게 했다

통영의 절벽은

산의 영정影幀과

많이 닮아 있었다

미인이 절벽 쪽으로

한 발 더 나아가며

내 손을 꼭 잡았고

나는 한 발 뒤로 물러서며

미인의 손을 꼭 잡았다

한철 머무는 마음에게

서로의 전부를 쥐여주던 때가

우리에게도 있었다

—「마음 한철」 전문

통영을 사랑한 것은 나뿐만이 아니었다. 나와 마음으로 한 철을 함께 보낸 애인도 통영을 사랑했다. 시인 백석과 도종

환과 청마 유치환도 통영을 사랑했다. 그리고 내가 알지 못하는 세상의 많은 미인들이 통영을 사랑했을 것이다.

백석은 "자다가도 일어나 바다로 가고 싶은 곳"이라 말했고 도종환은 "섬 사이로 또 섬이 있었다 굳이 외롭다고 말하는 섬은 없었다"고 이야기했다. 통영에서 나고 자란 청마 유치환의 사랑 이야기 또한 우리를 즐겁게 한다.

1947년 마흔 살의 유치환은 통영여중 교사로 갓 부임한 한 교사에게 반해 하루도 빠짐없이 통영우체국에 들러 편지를 보냈다. 1967년 사고로 세상을 떠날 때까지 20년간 그가 보낸 편지는 약 5천 통에 달했다.

당시 현실의 수많은 제약으로 묶여 있던 유치환이 할 수 있는 가장 적극적인 고백은 바로 편지였던 것이다. 그 수많은 편지를 받은 주인공은 바로 이영도 시조시인이었고 유치환이 세상을 떠난 후 그녀는 그동안 받은 편지를 엮어 『사랑하였으므로 행복하였네라』라는 책을 내기도 했다.

통영 이야기에서 도다리쑥국이 빠지면 아무래도 허전하다. 봄이 제철인 도다리쑥국은 쌀뜨물에 살이 오른 도다리를 넣고 된장과 소금만으로 간을 맞춰가며 끓인다. 쑥은 도다리가 완전히 익은 후에 넣어야 하는데 일찍 넣으면 향도 사라지고 식감이 질겨지기 때문이다. 맑은 탕이나 국보다는 붉은 찌개를 좋아하고 쑥을 그토록 싫어하는 내가 도다리쑥국을 즐기는 것은 시원한 맛과 더불어 어떤 금기를 깨는 쾌감을 느낄 수 있어서이다. 유난히 비린 것을 먹지 못했던 당시의 애인도 도다리쑥국만은 한 그릇을 다 비우며 멋쩍은 듯이 내게 웃어 보였다.

봄이 오면 나는 병을 앓을 것이다. 하던 일을 제쳐두고 통영에 가려 하는 병. 따지고 보면 병도 내 삶의 취향이라 말할 수 있겠다. 하지만 꼭 통영이 아니더라도 나는 한번 여행을 간 곳이라면 다시 그곳을 찾는 버릇이 있다. 아무리 실망했던 여행지라도 그렇다. 범인은 현장에 다시 나타난다는 말을 떠올려도 좋겠고 여전히 소심한 마음이 만들어낸 걸음이라 해도 좋겠다.

내가 다시 찾은 그 여행지에서 내내 느끼는 감정은 일종의 안도감이다. 이 안도감이란 왠지 이번이 마지막이 될 것 같다며 불안해했던 처음 여행 때의 생각을 보란듯이 부정하는 것에서 온다. 또한 이제 두번째이니 이번이 마지막이 되어도 그리 아쉽지 않을 거라는 생각에서도 온다. 물론 이 '여행'이라는 말을 지우고 그 자리에 '만남'이나 '연애'라는 말을 넣어도 뜻은 통한다.

그해 삼척

소금기 진한 바람은 식당의 빛바랜 간판을 바꾸기도 합니다. 오래전 '이모네 식당'은 '모네 식당'이 되었습니다. 곰치국의 간이 조금 진해졌지만 여전히 수련睡蓮 같은 고명들이 가득 들어간 일이나 한해살이풀이 죽은 자리에 같은 한해살이풀이 자라는 일, 어제 자리한 곳에 오늘의 빛이 찾아 비치는 것을 생각하면 이것은 그리 큰일도 아니었습니다.

4 부

일과 가난

요즘은 일을 너무 많이 한다. 오늘 하루만 해도 두 권의 책에 대한 서평을 썼고 잡지에 실을 인터뷰 글을 썼다. 오후에는 서대문에 있는 출판사에 들러 윤문을 할 원고 꾸러미를 잔뜩 들고 왔다. 주말에는 낡은 차를 몰고 경남에 있는 한 사찰로 취재를 가야 한다. 제법 돈이 되는 일도 있고 돈을 생각했다면 하지 않았을 일도 있다.

나는 왜 거절도 못하고 이렇게 일을 받아두었을까 고민하다, 그것은 아마 내가 기질적으로 가난하기 때문이라는 생각이 들었다. 그러고 나니 한없이 우울해졌다. 가난 자체보다 가난에서 멀어지려는 욕망이 삶을 언제나 낯설게 한다는 것을 알기 때문이었을까.

낮에는 선잠이 들었는데 꿈에 네가 보였다. 반가움에 아직까지 마음으로 기뻐하고 있다. 그리고 여전히 미안해하고 있다.

불친절한 노동

아버지는 한평생 노동자로 살았다. 한국전쟁중 서울 종로에서 태어난 아버지의 첫 노동은 쥐약을 먹고 죽은 개의 사체를 찾아 동네 어른들에게 가져다주는 것이었다. 그들은 죽은 개를 손질해 내장은 버리고 살코기를 몇 번이고 물에 씻어 삶아 먹었다. 들짐승도 없고 그렇다고 가축을 잘 키우지 않는 사대문 안 동네에서 가난한 이들이 고기를 먹을 수 있는 거의 유일한 방법이었다. 큰 개의 사체를 찾은 날이면 아버지는 평소보다 몇 푼의 돈을 더 받아 쥐었다.

또 아버지는 동대문이나 청량리, 멀리는 창동까지 동네 아이들과 함께 고물을 주우러 다녔다. 나대지 같은 곳에서 일렬로 나아가며 쇠붙이며 유리 같은 것을 줍는 것인데 힘이 센 순서로 대열을 정했던 터라, 앞에 선 아이가 큰 고물을 줍는 반면 뒤편의 아이들은 잔챙이를 줍거나 그마저도 건지지 못하는 경우가 많았다.

1965년 아버지는 메리야스 공장에 취직을 해 10년 넘게 일한다. 평시에는 2교대로 근무하고 일감이 떨어지는 단오端午부터 가을까지는 무급휴가를 주는 곳이었다. 전태일 열사가 인근 평화시장에 찾아든 것이 그 이듬해이니 꼭 아버지로부터 자세한 이야기를 듣지 않아도 나는 당시 그곳의 노동 환경을 어렵지 않게 짐작할 수 있다.

서른 무렵부터 구청 기능직 공무원으로 일하던 아버지의 삶은 조금 깊이 말하고 싶다. 아버지는 환경미화원들이 동네 골목을 돌며 리어카로 수거해온 생활쓰레기를 트럭에 싣고 난지도 매립지를 오갔다. 그때는 나도 종종 따라나선 적이 있다.

어린 눈으로 보았던 난지도는 사막 같았다. 커다란 쓰레기 더미들이 사구砂丘처럼 하루에도 몇 개씩 생겨났다가 사라졌다. 광활하고 삭막한 난지도의 풍경보다 더 선명한 기억으로 남은 것은 그곳을 터전으로 살아가던 넝마주이들이었다.

넝마주이들은 난지도 입구에서 호객을 하듯 아버지의 트

럭을 불러 세웠다. 이미 큰 산이 되어버린 그곳을 걷지 않고 올라가기 위해서였다. 해가 질 무렵 그들은 다시 아버지의 트럭을 얻어 타고 경사진 길을 내려왔다.

내가 아버지를 따라나선 날이면 넝마주이들은 낮 동안 쓰레기 더미에서 찾아낸 로봇 장난감 같은 것을 내 손에 쥐여주곤 했다. 하나같이 팔이나 다리 한쪽이 떨어져나간 것들이었다. 언제 한번은 한쪽 눈이 없는 봉제 인형을 건네받은 적도 있었다. 그것을 본 아버지는 작은 단추로 없었던 인형의 한쪽 눈을 만들어주셨다.

2002년이 되자 나는 대학생이 되었고 난지도는 생태공원이 되었으며 넝마주이들이 살던 상암동에는 월드컵경기장이 지어졌다. 그리고 여전히 아버지는 노동을 하고 있었다. 그즈음 나는 어린 시절 보았던 난지도의 풍경을 찾아보려 관련 자료들을 모으기 시작했다.

1978년 생겨난 난지도 매립장은 1992년 영구 폐쇄되었다. 90만 평의 부지 중 실제로 쓰레기를 매립·매축할 수 있는 면적은 55만 평 정도였다. 다시 이것은 서울 시내 각 구청들이 쓰레기를 버리는 20만 평의 땅과 청소대행업 차량들이 쓰레기를 버리는 35만 평으로 분할되었다. 재건대원이라 불리기도 하던 넝마주이들은 약 3천여 명까지 불어났다. 여러 이권들이 개입하면서 고물을 줍는 것에도 권리금이 생겨났는데 강남구, 종로구같이 상류층이 주로 거주하는 동네가 두 배 정도 값이 더 나갔다고 한다.

고등학교 3학년, 수학능력시험을 하루 앞둔 날 아버지는 평소 잘 들어오지 않는 내 방에 들어왔다. 그러고는 나에게 시험을 치르지 말라고 했다. 내일 시험을 보면 대학에 갈 것이고 대학을 졸업하면 취직을 할 것이고 그러다보면 결혼을 하고 아이도 낳을 공산이 큰데 얼핏 생각하면 그렇게 사는 것이 정상인 것처럼 보이지만 사실 너무 불행하고 고된 일이라고 했다. 더욱이 가족이 생기면 그 불행이 개인을 넘어 사랑하는 사람에게까지 번져나가므로 여기에서 그 불행의 끈을 자르자고 했다. 절을 알아봐줄 테니 출가를 하는 것도 생각해보라고도 덧붙였다. 당시 나는 그길로 신경질을 내며 아버지에게 나가라고 말했다. 하지만 노동과 삶에 지친 날이면 그리고 내가 사랑하는 사람의 눈빛에서 설핏 가난을 느낄 때면 나는 그때 아버지의 말을 생각한다.

근대 이후 인간이 해야 하는 노동은 폭발적으로 늘어났다. 관념적으로는 꽤나 신성한 가치로 여겨지기도 했으나 현실에서는 그렇지 못했다. 특히 누가 해도 비슷한 수준의 결과를 내는 노동의 직종들은 한없이 천대받기 시작했다. 이미 오래전부터 노동은 세계를 구성하는 것이 아니라 세계를 소비하기 위해 존재하는 것인지도 모른다.

그동안 시를 쓰며 나는 여러 번 아버지의 노동을 작품 속에 등장시켰다. 시에서 아버지는 진폐증으로 죽은 태백의 광부로 등장하기도 하고 마을버스와 덤프트럭을 몰기도 하며 연탄을 나르거나 실직 후 파주에서 혼자 살고 있는 알코올중독자의 모습으로 그려지기도 한다. 어떤 것은 사실이고 어떤 것은 사실이 아니다.

한번은 태백에 살고 있는 한 독자로부터 편지를 받은 적이 있다. 자신의 아버지도 광부로 살다 진폐증으로 돌아가셨다는 내용으로 시작되는 편지였다. 반가움과 슬픔이 함께 묻어나는 그 편지에 대한 답서를 적었다. 편지의 말미에는 아래와 같은 글을 적었다.

죄송한 일이지만 저희 아버지는 사실 광부로 산 적이 없습니다. 그리고 지금도 건강히 계십니다. 태백과 광부가 등장하는 시는 몇 해 전 광산에 대한 글을 청탁받고 취재를 하며 구상한 것입니다. 취재를 하며 가장 인상 깊었던 장면이 있습니다. 갱도 일을 마치고 지상으로 올라오는 광부들이 모두 웃고 있던 것입니다. 소리 내어 웃는 것은 아니지만 미소를 지으며 드러내 보이는 흰 이가 참 환했습니다. 제가 왜 웃고 계시냐고 물었을 때 그분들은 당연하다는 듯이 일이 끝났으니 웃는다고 답했습니다.

광부의 삶과 저희 아버지의 삶은 너무 닮아 있었습니다. 하루 일이 끝났다는 사실만으로 즐거워하는 모습이 그렇고 생의 대부분을 노동과 다음 노동을 준비하는 시간으로 보내는 것도 그렇습니다. 수면욕, 식욕 같은 인간의 기본적 욕구만을 채우기 급급하다가 나이가 들어 병을 얻는 것도 그렇습니다.

이 땅의 노동자들은 기약 없는 자신의 삶이 언제 끝날지는 모르지만, 한번 시작된 일의 끝은 너무도 잘 알고 있었습니다. 사실이 아닌 내용을 사실처럼 적어 죄송합니다. 하지만 곳곳에 흩어져 있는 여러 사실들을 모아 희미하게나마 진실의 외연을 그려보고 싶었습니다. 몇 번이고 몇 번이고 죄송한 마음을 드립니다.

어른이 된다는 것

얼마 전 한 신문사의 기자로부터 연락을 받았다. '우리 시대의 어른'이라는 주제로 기획 기사를 준비하고 있는데 다수의 문화예술인에게 설문을 받고 있으니 내게도 수일 내로 설문의 답을 달라고 했다. 전화를 끊고 그리 오래 고민하지 않았는데도 '어른'이라 불릴 만한 분들이 머릿속에 떠올랐다. 나는 곧 답을 했고 얼마 후 그 기사를 지면에서 볼 수 있었다.

정치와 종교와 사상과 사회운동 그리고 문학과 예술 등 다양한 분야에서 많은 이의 존경을 받는 분들이 시대의 어른으로 꼽혔다. 내가 미처 생각하지 못했던 분들도 있었지만 이견이 들지는 않았다. 그분들은 저마다 자신이 속한 분야에서 어떤 경지에 이른 인물들이었고 어느 한 사람 예외 없이 이상을 그려 보이는 사상가이자 사회를 변혁하는 혁명가의 면모를 동시에 갖고 있었다.

하지만 모든 사람이 이런 삶의 궤적을 따라갈 수는 없겠다는 생각이 들었다. 물론 꼭 그럴 필요도 없을 것이다. 사상까지는 못 되지만 사유하며 살아가고 혁명은 어렵지만 무엇인가를 실천하는 것만으로도 삶은 충분할 것이다. 현실적으로 내가 가닿고 싶어하는 어른됨 또한 그리 비범한 것은 아니다.

기억에 오래 남는 평범한 어른들에 대한 이야기도 잠시 하려 한다. 태어나면서부터 내리 자랐던 동네 연립주택에는 나의 부모와 비슷한 연령대, 고만고만한 살림의 이웃 어른들이 많았다. B동 5호 아저씨는 택시를 몰았고 B동 3호 아저씨는 당시 154번 시내버스를 몰았으며 A동 4호 아주머니는 연신내 시장에서 반찬 장사를 했다. 지금 생각하면 웃음이 나오는 일이지만 C동 2호 아저씨는 연립주택에서 유일하게 대학을 나왔다는 이유로 '대학아저씨'라고 불렀다.

동네 어른들의 세계에는 어떤 질서와 미학이 있었다. 종종 어느 집에서 부부싸움이 났다 하면 이웃 어른들은 싸움이 난

집의 아이들을 자신의 집으로 데려와 비디오 같은 것도 틀어 주고 저녁밥도 먹이는 문화가 있었다.

가급적 부부싸움에 개입하지 않되, 너무 심해진다 싶을 때에는 그 집으로 몰려가 중재를 하기도 했다. 그런 날이면 동네의 아저씨들은 밖에서 소주를 마시고 돌아왔고 마음 맞는 동네의 아주머니들이 모여 남편들의 흉을 늘어놓았다. 나와 동네 친구들은 모처럼 밤늦게까지 놀 수 있다는 사실에 마냥 신이 났다. 함께 사는 모든 어른들이 아버지 같았고 어머니 같았던 동네였다.

생각을 해보니 그때 동네 어른들의 나이가 꼭 지금 나의 나이다. 그동안 살면서 나이를 묻는 질문을 숱하게 들어왔다. 그런 질문을 하는 사람은 주로 나보다 더 연장자인 경우가 많았다. 그들의 대부분은 나에게 나이를 물은 뒤 부러움과 핀잔이 반반쯤 섞인 말들을 건넸다.

"내가 그 나이 때는 말이야"로 시작해서 "한창 좋을 때다"나 "조금 지나봐야 알지" 같은 말들을 거쳐 "그 나이로 돌아갈 수 있다면 소원이 없겠다"로 끝을 맺곤 하는 말들. 나에게 하는 말인지 아니면 자신에게 하는 말인지 잘 구분이 되지 않던, 이해는 가지만 딱히 이해하고 싶지는 않았던 말들.

어느 모임의 저녁 자리에서 연세가 지긋한 한 분을 만났을 때의 일이다. 시작은 역시 같은 질문이었다. 하지만 돌아오는 그분의 말은 달랐다. "제가 잘은 모르지만 한창 힘들 때겠어요. 적어도 저는 그랬거든요. 사랑이든 진로든 경제적 문제든 어느 한 가지쯤은 마음처럼 되지 않았지요. 아니면 모든 것이 마음처럼 되지 않거나. 그런데 나이를 한참 먹다가 생각한 것인데 원래 삶은 마음처럼 되는 것이 아니겠더라고요. 다만 점점 내 마음에 들어가는 것이겠지요. 나이 먹는 일 생각보다 괜찮아요. 준이씨도 걱정하지 말고 어서 나이 드세요."

충격이었다. 자신의 과거를 후회로 채워둔 사람과 무엇을 이루었든 이루지 못했든 간에 어느 한 시절 후회 없이 살아냈던 사람의 말은 이렇게 달랐다.

될 수 있다면 나는 후자에 가까운 사람이 되고 싶다. 하지만 이 역시도 쉬운 일은 아니겠다. 사실 내가 가장 자주하는 일 중에 하나가 바로 과거의 일을 후회하는 것이기 때문이다. 앞으로도 여전히 나는 후회와 자책으로 삶의 많은 시간을 보낼 것이다. 후회하고 자책할 일이 모두 동날 때까지.

고아

아버지는 서울 태생입니다. 그림을 그렸던 친할아버지도 그 할아버지의 아버지도 서울에서 나고 자랐습니다. 뼛속까지 서울인 친가의 누대累代에서 '서울'은 그리 자랑이 되지 못합니다. 자하문 근처 살던 가난한 아버지의 유년이 며칠씩 생으로 굶어야 하는 것이었다면 촌에 살던 가난한 어머니의 유년에는 그래도 수제비나 옥수수, 감자가 있었으니까요. 아버지의 자랑이라면 '광화문 네거리에서 세발자전거를 타고 놀았다' 정도이니까 역시 서울은 자랑할 게 못 됩니다.

저도 서울에서 나고 자랐습니다. 물론 득이 될 것은 없었습니다. 군대에 처음 가서는 서울 출신이라는 이유로 '연약하다' '깍쟁이다'라는 소리를 들었고요, 동향 사람들끼리 갖는다는 친근감 같은 것도 느껴보지 못했습니다. 요즘은 덜

하지만 '고향이 어디냐?'라는 질문을 처음 접했을 때는 막막하기까지 했습니다. 제가 태어난 동의 이름을 말해야 하나, 구의 이름을 말해야 하나 한참 망설였습니다. 하지만 한 번도 서울이 고향이라고 대답한 적은 없었습니다. 서울은 사람의 고향이 되기에는 너무 크고 뻰뻰한 도시입니다. 그럼에도 불구하고 서울에서부터 이야기를 시작합니다.

제가 태어나고 자란 은평구 불광동의 주변 환경은 그나마 다행이었습니다. 군사보호지역에 개발제한구역 거기에 국립공원까지…… 다른 서울 동네에 비해 집값이 만만했던 터라 가난한 어머니와 가난한 아버지는 보금자리를 구할 수 있었고요, 다행히 저는 그곳에서 힐끔힐끔 자연의 끝물을 보고 자랐습니다. 친구 둘이 빠져죽은 계곡도, 겨울이면 눈을 뒤집어쓰는 악산岳山도, 논도 밭도 가까이 있었습니다. 물론 도시도 가까이 있었습니다. 걸어서 10분이면 쇼핑센터와 극장과 지하철역이 있었고 겨울에는 버스를 타고 시내 대형 서점에 나가 놀던 날이 많았습니다. 그런 저에게 강은 한강이 전부였습니다. 1년에 한두 번 락스 냄새가 진동하는 한강시민공원 수영장에 가거나 양념통닭을 싸들고 오리 배를 타러 가는 것이 전부였습니다. 요즘 강을 주제로 청탁이 들어와 몇 편의 산문과 몇 편의 시를 썼습니다. 저는 급히 강가로 찾아가 소재나 영감을 얻거나, 책을 보거나 지인에게 물어 겨우겨우 강을 학습해야 했습니다. 이런 제가 강에 대해 이야기하는 것이 우습게 보일지도 모르겠습니다. 하지만 저는 다르게 생각합니다. 엄마의 얼굴을 한 번도 보지 못한 아이가 오히려 엄마를 더 그리워할 거라는 생각 말입니다.

몇 년 전 건축가 김중업 선생에 관해 글을 쓸 기회가 있었습니다. 자료를 수집하던 중에 저는 재미있는 논쟁을 발견했습니다. 1968년 김중업 선생과 당시 '돌격시장'이라는 별명을 갖고 있던 김현옥 서울시장 사이에 오간 논쟁이었습니다.

김현옥 시장이 당시 그린 서울의 청사진을 요약하면 아래와 같습니다.

> 차를 타자마자 시속 40마일의 경쾌한 스피드감이 피로한 머리를 식혀주는 고가고속도로가 곳곳에 설치되어 있고 한강변, 여의도에는 국회의사당의 이전으로 완전히 제2의 도심화되는 것은 물론, 강변엔 즐비한 아파

트가 늘어선다. 시장도 현대화되어 15층의 낙원시장과 13층의 남대문시장을 비롯해 모두 14개의 시장이 고층 건물로 바뀌는 한편 서울운동장~장충체육관을 연결하는 스포츠센터, 구마다 한 개씩 도서관, 112개소에 크고 작은 공원이 마련되며 어린이 왕국이 건설된다. 한편 한강 이남엔 인구 1백만을 수용할 수 있는 무궁화형의 제2서울이 건설되어 단핵적單核的 도심 기능을 분산하게 된다. 불량 건물이 판을 치고 있는 현재의 낙산駱山, 응봉應奉, 정릉貞陵, 영천靈泉, 창전倉前, 이태원, 신대방동 지구엔 69년 7월까지 모두 1백 동의 서민 아파트가 들어서 수도 서울을 면목 없게 하는 판잣집촌은 자취를 감추게 되는데 이들 아파트는 입주자와 합작해 세워지게 된다.

—「10년 뒤 서울—걸작 서울, 추악한 서울」,
『선데이서울』(서울신문사, 1968년 11월)

반면 김중업 선생은 즉흥과 환상, 시위 효과만을 노린 서울시 건설상으로 미루어 10년 후의 서울은 세계에서 그 유례를 찾아보기 힘든 추악한 수도가 되어버릴 것이라 말하면서 같은 지면에서 다음과 같이 예상했습니다.

고층건물이 빽빽이 들어서는 건, 지면의 확장이란 면에서 권장할 만하다. 그러나 도시재개발에 있어서 무엇보다 우선되어야 할 녹지대의 형성, 태양광선의 조사照射를 무시한 고층화란 지옥이다. 도시의 스모그를 제거해줄 녹지대가 무시되고, 멸균과 인체의 성장에 크게 영향을 주는 태양광선이 무질서하게 들어선 고층건물로 가려져버릴 때 시민들은 살균 안 된 쓰레기가 잔뜩 쌓인 시가를 햇빛을 못 받아 창백한 얼굴로 걸어야 할 것이며 그나마 소정의 주차 시설들을 갖추지 않은 때문에 좁은 거리에 차들이 빽빽이 들어차 보행은 골목만 골라 걸어야 할 것이다. 한강과 여의도의 개발은 환영할 만한 일이나 그 근본 목표가 틀렸다. 강 양쪽에 고속도로가 나면 시민은 어떻게 한강에 접근할 수 있는가? 여의도를 제2의 도심화한다는 것도 착오. 오히려 한강과 여의도는 서울 시민을 위한 공간으로 만들어야 한다.

'돌격시장'의 구상대로, 한 건축가의 우려대로, 서울이 만들어졌습니다. 한강종합개발 이후 한강은 자연 하천의 모습을 완벽히 잃었고요, 이제 10년이면 강산은 리모델링됩니다. 물론 저는 근대화된 조국의 특혜(?)를 받으면서 자랐습니다. 제가 태어난 해에 국민소득이 2천 달러, 초등학교를 입학하던 해에 6천 달러, 졸업하던 해에는 1만 달러가 넘었습니다. '건강 위해 혼식하고 경제 위해 분식'을 한 적도 혹은 '쥐를 잡자' 표어 아래 쥐꼬리를 학교에 가져다 낸 적도 없는 세대입니다. '보릿고개'나 '꿀꿀이죽'은 한참 더 먼 이야기입니다.

그러니까 배고픈 거 모르고 살았습니다. 맞벌이 하는 부모님 덕에 집에 밥이 없는 날은 허다했지만 집에 쌀이 떨어진 적은 없었습니다. 환경호르몬이 검출된 컵라면을 간식으로 먹으면서 자랐습니다. 도시락 반찬으로는 아질산나트륨과 소르빈산칼륨이 가득 들어간 햄을 좋아했습니다. 친구들과 석면이 피어 있는 지하 보일러실에서 뛰놀았고 아토피피부염과 비염도 오래 앓아왔습니다. 카드뮴, 수은, 세레늄, 비소, 크롬, 납, 불소, 포름알데히드 같은 것들도 지천에 널려 있었습니다. 내리는 것은 산성비이고 부는 것은 황사였습니다.

당신들이 자랑스러워하는 조국 근대화가 나쁘고 잘못되고 틀렸습니다. 조국 근대화라는 정언명령이 도시와 자연을 망쳐놓았습니다. 그리고 우리의 인식과 상상력까지 갈아엎었습니다. 이제 우리는 컵에 담긴 물과 흐르는 강물 사이의 관계를 생각하려 하지 않습니다. 자신과 탄소와 나무의 관계도를 그려내지 않습니다. GMO 식물들은 농약을 사용하지 않아도 잘 재배된다는 사실을 알아도 크게 놀라지 않습니다.

진심으로 얘기하는데 강들을 좀 놔두었으면 좋겠습니다. 많은 환경학자들은 머지않아 강들이 스스로 말라갈 것이라 예측합니다. 해수 온도가 상승하는 현재 추이로 볼 때, 해안지대에는 태풍, 해일, 기록적인 폭우와 홍수가 이어질 것입니다. 해안에 비를 다 뿌린 구름은 내륙 지방에 지독한 가뭄을 가져다줄 테고요. 지금처럼 기를 쓰고 노력하지 않아도 강은 우리를 곧 떠날 거라는 말입니다. 그때에도 여전히 갑문 사이로 지나가는 배나, 로봇 물고기가 뛰노는 광경이 보고 싶다면 다 말라버린 땅에 인공 강을 만들든지 하면 될 것입니다.

글의 앞머리에서 아버지의 세발자전거를 잠깐 이야기했었는데요. 그때가 1953년이나 1954년 즈음입니다. 당시 며칠씩 생으로 굶던 처지의 어린 아버지가 갖기에는 값비싼 물건입니다. 그 자전거는 사실 병으로 일찍 세상을 떠난 엄마를 대신한 물건이었습니다. 며칠씩 울기만 하는 아들이 불쌍했는지 할아버지가 선물해준 것이지요. 분명 자전거도 좋았겠지만 '엄마'라는 것이 무엇으로 대신 할 수 있는 것인가요.

우리는 모두 고아가 되고 있거나 이미 고아입니다. 운다고 달라지는 일은 아무것도 없겠지만 그래도 같이 울면 덜 창피하고 조금 힘도 되고 그러겠습니다.

초간장

서울에서 나고 자라면서 별다른 불편함은 없었지만 아쉬운 점은 많았다. 그중 하나가 음식에 관한 것이었다. 특산물이 나는 것도 아니고 일반 가정에 이어져내려오는 전통 같은 것이 거의 남아 있지 않은 서울은 음식에 관한 한 무색무취한 도시였다. 그리고 이 무색무취 사이를 전국은 물론 세계 곳곳의 음식들이 혼란스럽게 채우고 있는 곳이기도 하다.

그래서일까. 성인이 되고 자유롭게 여행을 할 수 있게 되면서부터 나는 전국을 돌며 그 지역 고유의 음식을 찾아 먹는 데 많은 공을 들였다. 전남 무안에서 처음 먹어본 감태김은 그동안 내가 먹어왔던 조미김과는 차원이 달랐고 흑산도의 홍어는 간혹 접했던 칠레산 홍어와 비교할 수 없었다.

이 밖에도 제주 서귀포의 방어, 경남 하동의 재첩, 강원도 정선의 산나물, 충남 서천의 박대, 전남 장흥의 표고까지. 분명 서울에서 종종 먹어왔던 음식인데도 재료의 맛과 질이 크게 달라 같은 음식이라 부르기 무색한 것들이 너무도 많았다. 게다가 산지에서는 서울보다 훨씬 싼값에 먹을 수 있으니…… 그럴 때마다 나는 맛에 감탄을 하면서도 그동안 크게 속으며 살았다는 모종의 배신감에 휩싸이곤 했다.

며칠 전에는 통영으로 출장을 다녀왔다. 그동안 숱하게 통영에 가보았으나 여행이 목적이 아닌 방문은 처음이었고 봄이 아닌 가을에 간 것도 처음이었다. 업무를 마치고 하룻밤을 머문 후 다음날 아침 일찍 서울로 올라오는 일정. 다시 말해 통영에서 주어진 나의 끼니는 한 번뿐이었다.

나는 통영으로 내려가는 내내 어떤 음식으로 그 한끼를 채워야 할지 고민했다. 만약 봄이었다면 이것저것 생각할 필요도 없이 향 좋은 도다리쑥국을 먹었으리라.

하지만 깊은 가을에 쑥이 있을 리가 없었다. 나는 통영터미널에서 택시를 타자마자 기사님께 석화는 나오기 시작했는지, 혹시 삼치회를 파는 식당은 있는지 여쭤보았다. 아쉽게도 석화는 한 보름은 더 지나야 나올 것이며 활어횟집은 많이 알아도 삼치를 회로 내놓는 곳은 모른다고 하셨다.

나는 그날 저녁 마땅한 메뉴를 찾지 못하고 여러 안주와 술을 한번에 내주는 소위 '다찌집'으로 갔다. 과하게 안주를 먹었고 더 과하게 술을 마셨다. 다음날 서울로 돌아왔을 때 나는 속병이 생겨 하루를 종일 굶었다. 아픈 속은 밤까지도 이어졌다. 그러다 새벽쯤 나는 흰밥에 물을 넣고 죽처럼 끓였다. 서른 시간은 족히 굶었으니 비고 아픈 속을 달래기에는 끓인 밥만한 것이 없었다.

반쯤 먹었을까. 나는 찬장에서 간장과 식초를 꺼내 초간장을 만들었다. 그리고 두어 숟갈을 떠 밥 위에 뿌렸다. 그랬더니 간도 맞고 산미도 적당히 생겨 남은 밥을 금세 비워냈다.

생각해보니 초간장을 먹는 것은 아버지의 오랜 식습관이었다. 빈대떡이나 두부 부침 혹은 만두처럼 보통 사람들이 초간장을 곁들이는 음식 외에도 아버지는 삶은 호박이며 수육이며 도라지며 토란국의 토란같이 슴슴한 음식들을 초간장에 찍어 드셨다. 해서 우리집 식탁에는 늘 작은 종지에 초간장이 조금씩 담겨 있었다.

아버지는 초간장만 살짝 찍어야 음식 맛이 살아난다며 자신의 먹는 방식을 어린 나와 누나에게도 권해왔는데 우리는 그때마다 케첩 같은 것을 푹 찍으며 웃어넘겼다. 그랬던 내가 이제는 아주 자연스럽게 초간장을 찾고 있는 것이 조금 우스웠다. 오랜 시간 보고 또 먹어온 몸에 배인 것이다.

그러고는 곧 슬퍼졌다. 다른 양념이나 부재료 없이 음식을 먹어야 할 때 초간장만한 것이 없었을 거라는 생각이 들었기 때문이다. 가득 담은 따듯한 밥 한 공기와 초간장 한 종지를 유년의 아버지에게 보내고 싶다는 생각을 하는 동안 내내 아프기만 했던 속이 조금 편해지기 시작했다.

그만 울고, 아버지

"으응, 전화 바로 받으시네. 나야, 준이. 염천炎天을 건너시느라 고생 많으십니다. 그런데 하나 물어볼게. 아버지는 인생의 영화가 뭐야? 내가 영화에 대한 글을 쓰고 있는데 문득 생각이 나서. 아버지가 나보다 영화 많이 봤잖아."

"내가 너보다 영화 많이 봤지. 30년을 더 살았는데. 술도 내가 너보다 30년은 더 마셨어. 너는 그런데 독주 좀 말라니까. 몸이 남아나겠냐? 내가 전에 말한 〈태양은 가득히〉는 봤어? 알랭 들롱 나오는 거. 아직 안 봤다고? 아, 자식이 아버지 말은 되게 안 들어. 아, 나는 영화 많이 봤지. 청량리 신도극장, 돈암동 동도극장, 신설동 사거리 동보극장. 그리고 나 열일곱 살 때 청계천 양복점에서 같이 일하던 형이 있었거든.

내가 한정이 형, 한정이 형 하고 불렀지. 아, 그 형 보고 싶네. 아무튼 그 형 애인이 신설동 동보극장 사장집에서 식모살이를 했는데 간혹 공짜표를 얻어다 줘서 그땐 더 많이 봤지."

"그래서 아버지 인생 영화가 뭐냐고. 〈태양은 가득히〉야? 태어나서 처음 본 영화는 뭔데?"

"뭐 하나 집어 말할 수는 없지. 아름다운 영화가 한둘이냐? 처음 본 영화는 잘 기억나지 않지만 처음 못 본 영화는 기억나. 내가 숭례초등학교 나왔잖아. 학교라고는 거기 하나 나왔는데 어느 날 학교에서 〈벤허〉 단체 관람을 간대. 나는 못 갔지. 돈이 없으니까."

"아버지. 나도 수학여행 못 갔네요. 돈 없어서. 그런데 그때가 딱 IMF 때라 나 말고도 못 가는 친구들이 많았어. 다행이지. 가난도 묻어갈 수 있다니. 요즘 사람들은 이런 것을 웃프다고 해. 웃긴데 슬프다고."

"한번은 미아리 극장에 〈푸른 하늘 은하수〉라고 최무룡씨가 나오는 영화를 보러 갔어. 너 최무룡씨 알지? 몰라? 그때 극장들은 로비에 벤처스Ventures류의 경음악을 크게 틀어놓았거든. 아, 신나지. 그리고 대형 거울도 있었어. 그때 어디 가정집에서 거울을 들이고 살았나? 극장이나 가야 거울이 있지. 극장 로비에 앉아 거울을 보는데 구석에 어떤 거지가 앉아 있더라고. 거지도 영화를 보나 하고 생각하면서 다시 보니 그게 내 모습이었어. 그때가 양복점 일하기 전에 창동으로 고물 주우러 다닐 때니까 행색이 말이 아니었지. (울먹이시다 끝내 오열. 겨우 그치고) 그 영화 줄거리가 꼭 내 이야기 같았어. 주인공이 고아인데 나랑 처지가 비슷하더라고. 영화가 끝나고도 집에 갈 때까지 울었어. 당시 홀아비로 살던 네 할아버지가 나보고 왜 우냐고 하시더라고. 그래서 〈푸른 하늘 은하수〉 보고 오는 길이라고 하니, 할아버지는 먼저 그 영화를 봤나봐, 그러더니 나더러 더 울라고…… (다시 오열)"

"아이참. 슬픈데 웃기네."

"그런데 너는 어떤 영화로 글을 쓸 건데?"

"〈박하사탕〉에 대해 쓰려고. 왜 그때 아버지도 나랑 술 마시면서 같이 봤잖아. 내가 종종 집에서 틀어놓고 있는 영화. 철길에서 '나 돌아갈래' 외치는 장면. 기억나지? 응 맞아. 이창동 감독 영화. 내가 지난주에 제천 지나 삼척 지나 동해로 여행 갔다 왔다고 했잖아. 사실 그 영화에 나오는 장소들을 찾아간 거야. 영화에서 80년 광주로 나오는 공간은 집 근처 수색역이고. '삶은 아름답다'라는 게 영화의 큰 메시지인데 그 밖에도 아름다운 게 한둘이 아니야. 슬픈 것은 서넛이 넘고. 아무튼 긴 통화 고마워. 조만간 〈태양은 가득히〉 찾아볼게. 그리고 나중에 내가 고아가 되면 〈푸른 하늘 은하수〉도 구해 봐야지. 그때는 내가 아버지처럼 엉엉 울게. 그래. 끊어요. 그만 울고, 아버지."

손을 흔들며

운전을 시작한 지 얼마 되지 않았을 때, 나에게 가장 어렵게 다가온 것은 차선을 변경하는 일이었다. 옆 차선에서 달려오는 차에 방해가 되지 않도록 들어서야 할 텐데 상대 차와 나의 거리를 계산하는 것이 쉬운 일이 아니었다. 초행길을 나섰던 한번은 내가 빠져야 할 인터체인지로 나가지 못한 적도 있었다. 빠르게 그것도 줄지어 달려오는 옆 차선의 차들에 겁을 먹어 차선을 바꾸지 못한 채 나는 그날 꽤 먼길을 돌아서 목적지에 느지막이 도착했다.

얼마 후, 주정차가 가능한 길가에 차를 세워두고 지나치는 차들을 사이드미러로 관찰하기 시작했다. 상대방 차의 속력이 빠를수록 거울에 비친 모습이 더 빠르게 커진다는 사실은 너무도 당연하지만 이론이 아닌 실제 내 눈과 감각으로 그것을 익혀두기 위해서였다. 그때 처음 사이드미러에 작게 적혀 있던 “사물이 거울에 보이는 것보다 가까이 있음”이라는 문구를 보았다. 이른 저녁 시작한 것이 헤드라이트 불빛을 보고 다른 차의 속력과 거리를 셈해야 할 만큼 어두워져서야 그날의 현장 학습은 끝이 났다.

돌이켜보면 나는 어린 시절의 많은 날을 자동차에서 보냈다. 평생 트럭을 운전한 아버지 덕분이다. 유치원에 가는 것보다 아버지를 따라나서는 것이 더 즐거울 때가 많았다. 아버지의 일터에 따라나섰다가 찍힌 내 사진 중에는 한국식 발음으로 ‘제무시’라고 불리던 이미 당시에도 낡고 낡았던 GMC 트럭에서의 모습도 담겨 있다.

일이 바쁘거나 너무 긴 여정이 아니라면 아버지 또한 나를 말동무 삼아 태우고 다니는 것을 반겼다. 아버지에게 유치원에서 있었던 일들을 끊임없이 이야기하다가, 트럭 조수석에 작은 몸을 뉘여 깊은 잠을 자다가, 차창 밖으로 보이는 낯선 풍경들에 빠져 있다보면 하루가 금방 지났다.

한번은 경사가 급한 언덕길을 내려가고 있었다. 멀리 평지에 있는 신호등과 횡단보도가 눈에 들어왔다. 아버지는 길가 사람들을 잘 보라고 했다. 차도에 바짝 붙어 서서 신호등을 쳐다보고 있는 사람이 많으면 곧 보행신호로 바뀔 테니 미리 속력을 줄여두어야 한다고 했다. 반대로 사람들이 딴짓을 하거나 신호등에 관심을 두지 않을 때에는 신호가 바뀐 지 얼마 되지 않았다고 생각하면 된다고 했다.

그 말을 들은 후부터 마치 그 일이 내게 주어진 임무라도 되는 듯, 횡단보도 앞 사람들의 표정을 읽어내는 것에 몰두했다. 그러고는 내가 관찰한 사람들의 표정과 행동들을 쉬지 않고 말했다. 아버지가 조금 귀찮아할 정도로.

이후 한동안 다시 아버지와 같은 차를 타고 다닌 적이 있었다. 운전면허 기능 시험에 합격한 이후 도로주행을 연습할 때였다. 당시 나는 대학을 휴학하고 경매가 열리는 새벽 시장에서 일을 하고 있었다. 내가 일하던 시장과 아버지의 트럭 차고지가 가까웠던 터라 우리는 함께 출근을 했다. 과거와 달라진 것이 있다면 이번에는 내가 운전석에 앉아 있었고 아버지가 조수석에 타고 있었다는 것이다. 과거와 같은 점이 있다면 조수석에 탄 사람이 끊임없이 말을 한다는 것이었다.

"방향지시등은 미리 켜라" "브레이크를 자주 밟는 것이 좋은 일이 아니다" "터널에 들어왔으니 와이퍼 스위치를 내려라". 아버지의 잔소리가 여름 날벌레처럼 날아들었다. 그 기간 동안 감기에 걸린 적이 있었는데 나는 아버지에게 컨디션이 좋지 않으니 오늘은 운전을 하지 않겠다고 했다. 그랬더니 아버지는 "그 정도로 몸이 안 좋다고 운전을 안 할 수 있나. 아프다고 해서 안 해도 되는 일은 세상에 그리 많지 않아" 하며 웃었다. 나는 아버지의 그 웃음에 서운하고 야속하면서도 한편으로는 애잔한 마음이 들었다.

본격적으로 운전을 하고 다닌 지도 10년이 훌쩍 지났다. 이제 딱히 어려운 점 없이 출근과 퇴근을 하면서 시내 도로를 지나고 지방 강연이나 여행을 가면서 고속도로를 달린다. 그러는 동안 아버지도 당신의 시간을 살아오며 지금은 낡은 트럭을 팔고 은퇴를 준비하고 있다. 노구老軀가 노구老具를 끌고 다니는 일도 얼마 남지 않은 것이다.

지난겨울에는 아버지와 부산에 다녀왔다. KTX를 타거나 경부고속도로를 통하는 길이 한결 편했겠지만 가급적 천천히 길과 시간을 지나치고 싶다는 생각에 서울에서 강릉으로 다시 강릉에서 부산까지 해안으로 펼쳐진 국도를 달렸다.

지금 지나고 있는 이 길 위에는 보이는 것보다 더 가까이 있는 것들, 생각보다 더 빠르게 다가오는 것들로 가득하다. 그 사이사이에서 경적 소리를 들어가며, 눈을 비벼가며, 손을 흔들기도 해가며 우리가 이렇게 스쳐간다.

축! 박주헌 첫돌

문득 생각해보니 돈을 주고 수건을 산 기억이 없다. 빨래를 널다가 그 이유를 알았다. 주헌이의 첫돌부터 동네 할머니의 칠순잔치, 새로 개업한 떡집, 연천초등학교 총동문회 체육대회…… 온통 사람들에게 얻어온 것들이다. 나는 매일이 고운 연緣들의 품에 씻은 얼굴을 묻었던 것이다.

중앙의원

내가 찾은 최초의 종합병원은 동네에 있던 작은 의원이었다. 의원에 가면 배가 아픈 사람도, 눈이 가려운 사람도, 감기에 걸린 사람도, 포경수술을 하러 온 아이도 있었다. 사람의 몸은 복잡한 것이지만 또 한편으로는 단순하기 그지없다. 음식을 적당하게 먹고, 물을 많이 마시고, 몸을 따듯하게 하고, 잠을 오래 자면 일반적으로 우리가 앓는 대부분의 잔병이 사라진다. 의원에서 주사를 맞고 처방받은 약을 먹으면 병의 앓음이 조금 덜해지는 것이고.

하지만 그 의원을 다니면서 아무리 약을 먹고 주사를 맞아도 낫지 않는 병이 있었다. 아픈 곳도, 아픈 일도 점점 많아지는 병, 나는 그 병을 '엄마 병'이라 불렀다.

동네 엄마들이 가슴팍에 안고 가는 약봉지, 그 빨갛고 푸르고 노란 알약들의 빛깔이 내 눈에는 야속할 정도로 곱고 예쁘게 비쳤다.

순대와 혁명

순대를 좋아했다. 고기와 비슷한 맛이 나기 때문이다. 분식집 같은 곳에서 순대를 덮어두었던 비닐이 열릴 때 훅 끼쳐 나오는 김을 보는 일도 좋아했다. 올라오는 김이 적으면 조금 전 누가 순대를 사갔나보다 하는 생각을 했고 김이 풍성하게 오르면 순대를 사간 사람이 한동안 없었구나 하는 생각을 했다. 허기들이 서로 연결되어 있는 것 같은 묘한 기분도 들었다. 그런 생각을 하고 있노라면 순대를 파는 분께서는 내게 간과 허파도 함께 넣겠느냐고 물어오는데 그럴 때마다 간은 먹지 않겠다고 했다. 한 친구에게 간 이야기를 듣고 나서부터 생긴 버릇이다.

친구는 맛있는 돼지 간을 분별하는 법을 내게 알려주었다. 생각보다 간단했다. 동물의 간은 단백질을 저장하는 역할을 하는데, 죽기 전까지 밥을 잘 얻어먹은 돼지의 간은 표면이 매끈하고 살짝 분홍빛이 돌며 식감도 좋다고 한다. 반대로 밥을 잘 못 먹고 죽은 돼지의 간은 구멍이 송송 뚫려 있고 어두운 빛을 내비치고 씹을 때 퍽퍽한 것이 보통이다.

이러한 이야기가 과학적으로 타당한 사실인지 확인해보지는 않았지만 그 말을 들은 후부터 간을 먹지 않게 되었다. 잘 먹고 죽은 돼지의 간은 그것대로 마음이 좋지 않았고 못 먹고 죽은 돼지의 간을 마주하면 더욱 마음이 좋지 않았다. 이 감정은 육식을 하면서 느끼는 기본적인 죄의식과도 조금 다른 결을 가지고 있었다.

얼마 후부터는 허파도 먹지 않게 되었다. 태백을 다녀온 후의 일이다. 10여 년 전 가을, 신춘문예에 응모할 원고들을 싸들고 찾아간 태백은 내게 세상 끝과도 같았다. 태백 다음에는 아무것도 없었다. 태백에서 내 일과는 간단했다. 시를 쓰는 일과 책을 읽는 일. 그리고 간단히 끼니를 때우려 순대 같은 것을 사 먹는 일. 주로 여관방에서 시를 쓰고 순대를 먹었다. 그리고 책은 여관 근처에 있던 한 병원 벤치에서 읽었다. 당시 그 병원의 이름은 태백중앙병원이었지만 그 이전에는 장성병원으로 불렸고, 지금은 태백산재병원으로 명칭이 바뀌었다. 환자들 대부분은 진폐증을 앓는 전직 광부들이었다.

그분들의 이야기를 주워듣는 것이 가져간 책의 내용보다 귀할 때가 많았다. 탄광의 매몰 사고는 큰 인명 피해가 따르는데 희생된 분들의 사인死因은 아사나 질식사가 아니라 터져나온 수맥으로 익사를 하는 경우가 많다는 아득하고 저린 이야기도 그때 들은 것이다. 그분들의 대화에는 늘 기침이 섞여 있었는데 인간의 몸에서 나는 소리라고는 믿어지지 않을 만큼 거칠었다. 저녁이 되면 나는 가져간 책을 몇 장 읽지도 못하고 순대를 사서 여관으로 돌아왔다. 조금 이상한 결론이지만 허파를 먹지 않게 된 것도 그때부터이다.

또다시 내가 자주 순대를 먹었던 시기가 있었다. 끝이라고 생각했던 태백에서 아무 소득 없이 돌아와, 내가 할 수 있는 일이 그리 많지 않다는 것을 다시 한번 깨달았을 때의 일이다. 나는 파란색 작업복을 입고 있었다. 이전까지 꽤 많은 아르바이트를 해왔지만 이번에는 평생이 될지도 모르는 직업을 구한 것이었다. 공항 활주로에서 비행기에 화물을 실었다. 오전 시간에는 사람으로서 해서는 안 될 만큼 일이 많았고 오후에는 두세 시간씩 시간이 비었다. 처음에는 그 시간을 반가워하며 책을 읽었지만 차츰 함께 일하는 분들과 친해지면서 두세 시간씩 술 내기 족구를 했다.

술은 늘 근처의 식당에서 마셨다. 적당히 비릿한 순대와 머리고기가 함께 나오는 집이었다. 1차가 순대와 머리고기였다면 2차는 그것들에 깻잎과 양파와 양념장을 넣어 볶아낸 것이었고 3차는 남은 양념에 밥을 비벼 먹는 것이 되었다. 물론 그분들은 그 집에서 젓가락을 들고 노래까지 부르고 나서야 자리를 끝냈다.

삶은 그 어느 때보다 진실했고 간결했지만 점점 억울한 마음이 짙어졌다. 내 삶이 점점 시와 문학에서 멀어져가고 있다는 생각 탓이었다. 맹목에 가까울 정도로 썼던 습작시들은 하나도 아깝지 않았지만 이십대 초중반, 스스로를 몰아붙이며 애를 쓴 시간들이 아무것도 아닌 것이 되고 있다는 생각이 나를 괴롭혔다. 나는 곧 그곳의 일을 그만두고 문학과 관련된 직장을 얻고자 했다.

하지만 나름 어렵게 들어간 직장이었으니 다른 직장을 구할 때까지 집에는 비밀로 할 수밖에 없었다. 아침이면 버스를 타고 서대문에 있는 4·19혁명기념도서관까지 갔다. 집 근처에도 도서관은 있지만 가족들과 마주칠 위험이 있었고 또 고등학교 시절 방학 내내 독서실처럼 다녔던 곳이라 마음이 편했다. 도서관은 저녁 여섯시면 문을 닫는데 덕분에 늦게까지 공부하는 사람들이 잘 찾지 않아, 언제 가도 어렵지 않게 열람실 책상을 차지할 수 있었다.

도서관에 들어서면 현관 벽에 걸려 있는 김대중 대통령의 휘호 "四.一九民主情神繼承(사일구 민주정신계승)"이 가장 먼저 눈에 띄었다. 물론 고등학생이었던 나는 '계승' 이라는 한자를 읽어내지 못한 채 그 휘호 앞 계단을 오르내렸다.

출근 대신 도서관을 찾은 나는 고등학생 때와는 다르게 열람실보다는 자료실에서 시간을 보냈다. 신간 도서는 이미 대출된 경우가 많고 장서의 양도 그리 많은 편은 아니었지만 짧은 독서 이력을 가진 내게 책은 넘치고 넘쳤다. 몇 가지 원칙도 정했다. 그곳에서는 문학 분야 외의 책만 읽을 것. 한번 골라온 책은 끝까지 읽을 것. 역사나 철학이나 사회과학 도서 외에도 원예, 무속, 의학처럼 기본적인 지식도 갖추지 못한 분야의 책들을 잡히는 대로 읽었다. 이해하기 어려운 책이 대다수였지만 활자라면 그리고 책이라면 아무래도 좋았다.

역사 교과서에서 짧게 접했던 현대사를 조금 깊이 알게 된 것도 그 시기였다. 그 도서관이 세워진 자리가 바로 사사오입의 주역 이기붕씨의 자택이었던 만큼 4·19혁명과 그 전후사에 대한 내용을 다룬 책이 유독 많았다. 자신의 아들을 서울대학교 법학과에 부정편입학시키려다 거센 반발로 실패했고 이후 육군사관학교로 보냈다는 이야기. 그 아들을 이승만 대통령의 양자로 보낸 이야기. 당시 이화여대 부총장이자 이기붕씨의 아내였던 박마리아씨가 마산시민항쟁 직후 "신의 섭리에 순종할 줄 알고, 신을 두려워할 줄 아는 국민이라야 위대한 국가를 건설할 수 있다는 것은 역사가 웅변적으로 증명하고 있다. 어떻게 하면 신을 두려워하는 국민을 기르느냐 하는 대답은 종교 교육을 잘하여야 된다는 결론에 도달하게 된다"라는 문제적이고 문장의 호응조차 잘 되지 않는 글을 『이대학보』에 남겼다는 사실도 나는 그 시기에 알았다.

언제인가 한번은 도서관에서 돌아와 집에 계신 아버지에

게 4·19 때 무엇을 했냐고 물은 적도 있다. 아버지는 초등학교에 다니고 있었는데 당시 집 근처 종암경찰서, 경찰들이 모두 도망을 간 그곳 화장실에서 습자지 같은 것을 훔쳐 나와 제기의 술을 만들어 차고 놀았다는 싱거운 답을 들었다.

순대와 간과 허파로 시작한 글이 습작기와 태백과 도서관을 거쳐 4·19까지 왔다. 모두 지난 일이라고 여기면서도 꼭 지난 일이 아닐 수도 있다는 생각이 글의 맺음을 어지럽힌다. 분노와 수치의 감정도 뒤따른다. 끝부분에 두었던 두어 단락은 고민 끝에 지운다. 다만 어떤 글은 누군가에게 읽히지 않아도 쓰이는 일만으로 저마다의 능력과 힘을 가지는 것이라 믿는다. 마치 마음속 소원처럼. 혹은 이를 악물고 하는 다짐처럼.

죽음과 유서

시를 짓는 일이 유서를 쓰는 것처럼 느껴질 때가 많다. 아마 이것은 이미 사라졌거나 사라지고 있는 것들이 이 세상에 너무 많기 때문일 것이고 이 숱한 사라짐의 기록이 내가 쓰는 작품 속으로 곧잘 들어오기 때문일 것이다.

사라지는 것들의 유언을 받아 적는다는 점에서 나의 시는 창작보다는 취재나 대필에 가깝다. 여주 이포보에서는 남한강의 유언을, 상주보에서는 낙동강의 유언을 받아 적었다. 부산 영도의 크레인 밑에서는 자본에 맞아 죽은 노동의 곡소리를 들었고 제주 강정마을에서는 구럼비의 주검을 만져보았다. 내가 그곳에서 유일하게 할 수 있는 것은 그들의 유서를 시라는 장르를 통해 대필하는 일이었다.

물론 나도 직접 유서를 써본 일이 있다. 군대에서였다. 신병 훈련을 마친 나는 군용트럭에 실려 어딘가로 자꾸 가고 있었다. 포천을 지나고 나니 넓은 평야가 눈에 들어왔다. 철원이었다. 자대에 가서 내가 제일 먼저 한 일은 손톱을 깎고 유서를 쓰는 것이었다. 전쟁이 발발하면 죽기에 바쁠 것이므로 이곳에서는 미리 유서를 써두어야 한다고, 내 양말과 속옷에 중대와 소대 이름을 적어주며 고참이 말했다. 고참은 탈영을 하고 싶으면 무조건 남쪽으로 걸어야 하고, 부대 주변에 아직 지뢰가 많이 있으니 조심해야 한다는 말도 친절하게 덧붙여주었다.

물론 이런 말들은 신병에게 겁을 주기 위한 것이었지만 그것을 모르고 있던 당시의 나는 꽤 심각했다. 천천히 유서를 적어내려갔다. 노트 두 장을 꽉 채웠지만 내용은 별게 없었다. 간단히 요약하자면 '고맙다, 미안했다, 사랑한다'의 반복이었다. 함께 유서를 적은 동기들의 유서 또한 내 유서의 내용과 다르지 않았다.

이후 전역을 하고는 몇 통의 유서를 더 본 적이 있다. 다행히 자살 시도에 그친 이들의 유서도 있었고 안타깝게도 유서를 남기고 세상을 떠난 사람의 것도 있었다. 하지만 그 유서들의 내용 또한 핏발 서린 분노와 원망보다는 고마움과 미안함과 사랑에 대한 이야기가 더 많았다. 어쩌면 유서는 세상에서 가장 평온한 글일지도 모른다는 생각을 했다. 타인에 대한 용서와 화해를 넘어 자신이 스스로의 죽음을 위로하고 애도하는 것이므로.

얼마 전 일부 복직된 쌍용차 해고 노동자들은 7년의 시간을 견뎠다. 그것은 죽음보다 죽음에 가까운 시간이었을 것이다. 그러는 동안 26명의 해고 노동자와 가족들이 세상을 떠났다. 그중 절반 이상이 자살을 했고 상당수가 유서 한 장 남기지 않은 채 세상을 등졌다.

그들이 유서조차 남기지 못한, 그래서 삶의 마지막 순간까지도 분노와 슬픔과 죄책감에 빠지게 만든 세상에서 우리는 잘도 살아간다. 사람이 사람을 잃은 세상, 노동이 노동을 잃은 세상, 법이 법을 잃고 강이 맑음을 잃은 세상에서, 도처가 죽음으로 가득하지만 애도와 슬픔에까지 정치성을 들이대는 세상에서 살고 있다.

내가 사라지는 것들의 말을 받아 적는 이유는 그들의 사라짐을 붙잡아 화석처럼 남기기 위한 것이 아니다. 조금 잔인하게 말하자면 나의 시는 충분한 애도와 슬픔을 통해 숱한 사라짐들을 완전히 잊기 위함이다. 한 존재가 온전히 존재하려면 온전히 소멸해야 한다. 우리가 존재했다는 것을 아무도 인식하지 못할 때 '영원'이라는 말을 조심스럽게 발음해볼 수도 있을 것이다.

내가 그동안 보았던 유서 중에 가장 아름다운 유서, 아동문학가 권정생 선생의 유언장 일부를 이 글의 유서처럼 옮겨둔다. (재단법인 권정생어린이문화재단 홈페이지 참고)

> 앞으로 언제 죽을지는 모르지만 좀 낭만적으로 죽었으면 좋겠다. 하지만 나도 전에 우리집 개가 죽었을 때처럼 헐떡헐떡거리다가 숨이 꼴깍 넘어가겠지. 눈은 감은 듯 뜬 듯하고, 입은 멍청하게 반쯤 벌리고 바보같이 죽을 것이다. 요즘 와서 화를 잘 내는 걸 보니 천사처럼 죽는 것은 글렀다고 본다.
>
> 그러니 숨이 지는 대로 화장을 해서 여기저기 뿌려주기 바란다.
>
> 유언장치고는 형식도 제대로 못 갖추고 횡설수설했

지만 이건 나 권정생이 쓴 것이 분명하다.

죽으면 아픈 것도 슬픈 것도 외로운 것도 끝이다. 웃는 것도 화내는 것도. 그러니 용감하게 죽겠다. 만약에 죽은 뒤 다시 환생을 할 수 있다면 건강한 남자로 태어나고 싶다. 태어나서 25살 때 22살이나 23살쯤 되는 아가씨와 연애를 하고 싶다. 벌벌 떨지 않고 잘할 것이다.

하지만 다시 환생했을 때도 세상엔 얼간이 같은 폭군 지도자가 있을 테고 여전히 전쟁을 할지 모른다. 그렇다면 환생은 생각해봐서 그만둘 수도 있다.

2005년 5월 1일

쓴 사람 권정생

내 마음의 나이

바람이 차다. 숨을 깊게 들이면 코에서부터 가슴까지 냉한 기운이 감돈다. 기도氣道가 이렇게 연결이 되어 있구나 하고 느껴지는 감각이 새삼스러우면서도 재미있어 몇 번 더 깊은 숨을 쉰다. 곧 기침을 한다.

살아오면서 감당하기 힘든 일들을 맞이해야 할 때가 많았다. 부당하고 억울한 일로 마음 앓던 날도 있었고 내 잘못으로 벌어진 일에는 스스로를 무섭게 몰아붙이기도 했다.

하지만 아무리 무겁고 날 선 마음이라 해도 시간에게만큼은 흔쾌히 자신을 내어주는 것이라 여긴다. 오래 삶은 옷처럼 흐릿해지기도 하며. 나는 이 사실에서 얼마나 큰 위로를 받는지 모른다.

다시 새해가 온다. 내 안의 무수한 마음들에게도 한 살씩

공평하게 나이를 더해주고 싶다.

해

새로운 시대란 오래된 달력을 넘길 때 오는 것이 아니라 내가 당신을 보는 혹은 당신이 나를 바라보는 서로의 눈동자에서 태어나는 것인지도 모르겠습니다.

나가며

그해 연화리

늦은 밤 떠올리는 생각들의 대부분은

나를 곧 떠날 준비를 하고 있었다.

운다고 달라지는 일은
아무것도 없겠지만

초판 1쇄 발행 2017년 7월 1일
초판 38쇄 발행 2024년 9월 16일

지은이 박준
펴낸이 김민정
편집 김필균 도한나 유성원
디자인 한혜진
저작권 박지영 형소진 최은진 오서영
마케팅 정민호 박치우 한민아 이민경 박진희 정유선 황승현
브랜딩 함유지 함근아 박민재 김희숙 이송이 박다솔 조다현 정승민 배진성
제작 강신은 김동욱 이순호
제작처 영신사
펴낸곳 난다
출판등록 2016년 8월 25일 제406-2016-000108호
주소 10881 경기도 파주시 회동길 210
전자우편 nandatoogo@gmail.com **페이스북** @nandaisart **인스타그램** @nandaisart
문의전화 031-955-8865(편집) 031-955-2689(마케팅) 031-955-8855(팩스)

ISBN 979-11-960751-7-0 03810

○난다는 (주)문학동네의 계열사입니다.
○잘못된 책은 구입하신 서점에서 교환해드립니다.
기타 교환 문의 031) 955-2661, 3580